◎ 唯有君家老松树　春风来似未曾来

◎ 天涯静处无征战　兵气销为日月光

◎ 好鸟枝头亦朋友

◎ 小桌呼朋三面坐　留将一面与梅花

◎ 山高月小　水落石出

◎ 旧时王谢堂前燕

◎ 春光先到野人家

◎ 青山不识我姓氏　我亦不识青山名

飞来白鸟似相识　对我对山三两声

◎ 杨柳岸晓风残月

◎ 渐入佳境

◎ 青梅

◎ 喂马

◎ 今朝风日好　或恐有人来

◎ 翠拂行人首

◎ 前面好青山　舟人不肯住

◎ 哀鸣

人生的滋味，我慢慢尝

丰子恺散文绘画精选集

丰子恺 著

CNS 湖南少年儿童出版社 HUNAN JUVENILE & CHILDREN'S PUBLISHING HOUSE 小博集 BOOKY KIDS

·长沙·

出版说明

本版丰子恺先生的散文绘画精选集，所选散文主要依据先生生前所出各类散文集。为更适宜青少年读者的阅读，编者按照现行规范，改正了部分文字和标点；对不易理解之处（人名、方言、地方风物等）择要进行注音或注释；对文中所引诗句与现行版本有出入者，皆予以注释说明；对译名与今不同者，则直接在旧译之后括注今译。为保留先生的文字风格、语言习惯，除明显排印错误、外文拼写错误外，原文中具有先生个人风格、时代特征的用语和表达，基本未做修改。

目录

第一卷 趣味，是生活的养料

第二卷 学会艺术地生活

第三卷 木知木觉，自得其乐

第四卷 幸有我来山未孤

第五卷 天地间最健全的心眼

·第一卷·

趣味，是生活的养料

杨柳[○]

因为我的画中多杨柳树，就有人说我欢喜杨柳树；因为有人说我欢喜杨柳树，我似觉自己真与杨柳树有缘。但我也曾问心，为什么欢喜杨柳树？到底与杨柳树有什么深缘？其答案了不可得。原来这完全是偶然的：昔年我住在白马湖上，看见人们在湖边种柳，我向他们讨了一小株，种在寓屋的墙角里。因此给这屋取名为“小杨柳屋”，因此常取见惯的杨柳为画材，因此就有人说我欢喜杨柳，因此我自己似觉与杨柳有缘。假如当时人们在湖边种荆棘，也许我会给屋取名为“小荆棘屋”，而专画荆棘，成为与荆棘有缘，亦未可知。天下事

● 本篇曾载于 1935 年 4 月 1 日《中学生》第 54 号。

往往如此。

但假如我存心要和杨柳结缘，就不说上面的话，而可以附会种种的理由上去。或者说我爱它的鹅黄嫩绿，或者说我爱它的如醉如舞，或者说我爱它像小蛮的腰，或者说我爱它是陶渊明的宅边所种的，或者还可引援“客舍青青”的诗，“树犹如此”的话，以及“王恭之貌”“张绪之神”等种种古典来，作为自己爱柳的理由。即使要找三百个冠冕堂皇、高雅深刻的理由，也是很容易的。天下事又往往如此。

也许我曾经对人说过“我爱杨柳”的话，但这话也是随缘的。仿佛我偶然买一双黑袜穿在脚上，逢人问我“为什么穿黑袜”时，就对他说“我欢喜穿黑袜”一样。实际，我向来对于花木无所爱好；即有之，亦无所执着。这是因为我生长穷乡，只见桑麻、禾黍、烟片、棉花、小麦、大豆，不曾亲近过万花如绣的园林。只在几本旧书里看见过“紫薇”“红杏”“芍药”“牡丹”等美丽的名称，但难得亲近这等名称的所有者。并非完全没有见过，只因见时它们往往使我失望，不相信这便是曾对紫薇郎的紫薇花，曾使尚书出名的红杏，曾傍美人醉卧的芍药，或者象征富贵的牡丹。我觉得它们也只是植物中的几种，不过少见而名贵些，实在也没有什么特别可爱的地方，似乎不配在诗词中那样地受人称赞，更不配在花木中占据那样高尚的地位。因此我似觉诗词中所赞叹的名花是另外一种，不是我现在所看见的这种植物。我也曾偶游富丽的花园，但终于不曾见过十足地配称“万花如绣”的景象。

假如我现在要赞美一种植物，我仍是要赞美杨柳。但这与前缘无关，只是我这几天的所感，一时兴到，随便谈谈，也不会像信仰宗教或崇拜主义地毕生皈依它。为的是昨日天气佳，埋头写作到傍晚，不免走到西湖边的长椅子里去坐了一番，看见湖岸的杨柳树上，好像挂着几万串嫩绿的珠子，在温暖的春风中飘来飘去，飘出许多弯度微微的S线来，觉得这一种植物实在美丽可爱，非赞它一下不可。

听人说，这种植物是最贱的。剪一根枝条来插在地上，它也会活起来，后来变成一株大杨柳树。它不需要高贵的肥料或工深的壅培，只要有阳光、泥土和水，便会生活，而且生得非常强健而美丽。牡丹花要吃猪肚肠，葡萄藤要吃肉汤，许多花木要吃豆饼，杨柳树不要吃人家的东西，因此人们说它是“贱”的。大概“贵”是要吃的意思。越要吃得多，越要吃得好，就是越“贵”。吃得很多很好而没有用处，只供观

赏的，似乎更贵。例如牡丹比葡萄贵，是为了牡丹吃了猪肚肠只供观赏而葡萄吃了肉汤有结果的缘故。杨柳不要吃人的东西，且有木材供人用，因此被人看作“贱”的。

我赞杨柳美丽，但其美与牡丹不同，与别的一切花木都不同。杨柳的主要的美点，是其下垂。花木大都是向上发展的，红杏能长到“出墙”，古木能长到“参天”。向上原是好的，但我往往看见枝叶花果蒸蒸日上，似乎忘记了下面的根，觉得其样子可恶：你们是靠它养活的，怎么只管高据上面，绝不理睬它呢？你们的生命建设在它上面，怎么只管贪图自己的光荣，而绝不回顾处在泥土中的根本呢？花木大都如此。甚至下面的根已经被斫，而上面的花叶还是欣欣向荣，在那里作最后一刻的威福，真是可恶而又可怜！杨柳没有这般可恶可怜的样子：它不是不会向上生长。它长得很快，而且很高；但是越长得高，越垂得低。千万条陌头细柳，条条不忘记根本，常常俯首顾着下面，时时借了春风之力向处在泥土中的根本拜舞，或者和它亲吻。好像一群活泼的孩子环绕着他们的慈母而游戏，但时时依傍到慈母的身旁去，或者扑进慈母的怀里去，使人看了觉得非常可爱。杨柳树也有高出墙头的，但我不嫌它高，为了它高而能下，为了它高而不忘本。

自古以来，诗文常以杨柳为春的一种主要题材。写春景曰“万树垂杨”，写春色曰“陌头杨柳”，或竟称春天为“柳条春”。我以为这并非仅为杨柳当春抽条的缘故。实因其树有一种特殊的姿态，与和平美丽的春光十分调和的缘故。这种姿态的特殊点，便是“下垂”。不然，当春发芽的树木不知凡几，何以专让柳条做春的主人呢？只为别的树木都凭仗了春之力而拼命向上，一味求高，忘记了自己的根本，其贪婪之相不合于春的精神。最能象征春的神意的，只有垂杨。

这是我昨天看了西湖边上的杨柳而一时兴起的感想。但我所赞美的不仅是西湖上的杨柳。在这几天的春光之下，乡村到处的杨柳都有这般可赞美的姿态。西湖似乎太高贵了，反而不适于栽植这种“贱”的垂杨呢。

▲ 廿四年三月四日于杭州

白鹅[○]

抗战胜利后八个月零十天，我卖脱了三年前在重庆沙坪坝庙湾地方自建的小屋，迁居城中去等候归舟。

除了托庇三年的情感以外，我对这小屋实在毫无留恋。因为这屋太简陋了，这环境太荒凉了；我去屋如弃敝屣。倒是屋里养的一只白鹅，使我恋恋不忘。

这白鹅，是一位将要远行的朋友送给我的。这朋友住在北碚，特地从北碚，把这鹅带到重庆来送给我。我亲自抱了这雪白的大鸟回家，放在院子内。它伸长了头颈，左顾右盼，

○ 本篇曾载于 1946 年 8 月 1 日《导报》第 1 卷第 1 期，原名《沙坪小屋的鹅》，收入人民文学出版社 1957 年 11 月初版《缘缘堂随笔》时，改名为《白鹅》。

我一看这姿态，想道：“好一个高傲的动物！”凡动物，头是最主要的部分。这部分的形状，最能表明动物的性格。例如狮子、老虎，头都是大的，表示其力强。麒麟、骆驼，头都是高的，表示其高超。狼、狐、狗等，头都是尖的，表示其刁奸猥鄙。猪猡、乌龟等，头都是缩的，表示其冥顽愚蠢。鹅的头在比例上比骆驼更高，与麒麟相似，正是高超的性格的表示，而在它的叫声、步态、吃相中，更表出一种傲慢之气。

鹅的叫声，与鸭的叫声大体相似，都是“轧轧”然的。但音调上大不相同。鸭的“轧轧”，其音调琐碎而愉快，有小心翼翼的意味；鹅的“轧轧”，其音调严肃郑重，有似厉声叱咤。它的旧主人告诉我：养鹅等于养狗，它也能看守门户。后来我看到果然：凡有生客进来，鹅必然厉声叫嚣；甚至篱笆外有人走路，也要它引吭大叫。其叫声的严厉，不亚于狗的狂吠。狗的狂吠，是专对生客或宵小用的，见了主人，狗会摇头摆尾，呜呜地乞怜。鹅则对无论何人，都是厉声叱咤；要求喂食时的叫声，也好像大爷嫌饭迟而怒骂小使一样。

鹅的步态，更是傲慢了。这在大体上也与鸭相似。但鸭的步调急速，有局促不安之相。鹅的步调从容，大模大样的，颇像平剧里的净角出场。这并非偶然如此，实在是它的傲慢的性格的表现。试想：我们走近鸡或鸭，这鸡或鸭一定让步逃走。这是表示对人惧怕。所以我们要捉住鸡或鸭，颇不容易。那鹅就不然：它傲然地站着，看见人走来简直不让；有时非但不让，竟伸过脖子来咬你一口。这表示它不怕人，看不起人。但这傲慢终归是狂妄的。我们一伸手，就可一把抓住它的项颈，而任意处置它。家畜之中，最容易捉住的，无过于鹅。同时最傲人的也无过于鹅。

鹅的吃饭，常常使我们发笑。我们的鹅是吃冷饭的，一日三餐。它需要三样东西下饭：一样是水，一样是泥，一样是草。先吃一口冷饭，次吃一口水，然后再到某地方去吃泥草。这地方是它自己选定的。选的目标，我们做人的无法知道。大约泥和草也有各种滋味，它是依着它的胃口而选定的。这食料绝非奢侈，但它的吃法，三眼一板，丝毫不苟。譬如吃了一口饭，倘水盆偶然放在远处，它一定从容不迫地踏大步走上前去，饮一口水。再踏大步走到一定的地方去吃泥吃草。吃过泥再回来吃饭。这样从容不迫的吃饭，必须有一个人在旁侍候，像菜馆里的侍者一样。

因为附近的狗，都知道我们这位鹅老爷的脾气。每逢它吃饭的时候，狗就躲在篱边窥伺。等它吃过一口饭，踱着方步去吃水、吃泥、吃草的当儿，狗就敏捷地跑上来，努力地吃它的饭。没有吃完，鹅老爷偶然早归，伸颈去咬狗，并且厉声叫骂。狗立刻逃往篱边，蹲着静候。看它再吃了一口饭，再走开去吃水、吃草、吃泥的时候，狗又敏捷地跑上来，这回就把它的饭吃完，扬长而去了。等到鹅再来吃饭的时候，饭罐已经空空如也。鹅便昂首大叫，似乎责备人们供养不周。这时我们便须替它添饭，并且站着侍候。因为邻近狗很多，一狗方去，一狗又来蹲着窥伺了。邻近的鸡也很多，也常蹑手蹑脚地来偷鹅的饭吃。我们不胜其烦，以后便将饭罐和水盆放在一起，免得它走远去，让鸡狗偷饭吃。然而它所必需的盛馔的泥，所在的地点远近无定。为了找这盛馔，它仍是要走远去的。因此鹅的吃饭，非有人侍候不可。真是架子十足的！

鹅，不拘它如何高傲，我们始终要养它，直到房子卖脱为止。因为它对我们，物质上和精神上都有贡献，使主母和主人都欢喜它。物质上的贡献，是生蛋。它每天或隔天生一个蛋。篱边特设一堆稻草。鹅蹲伏在稻草中了，便是要生蛋

了。家里的小孩子更兴奋，站在它旁边等候。它分娩毕，就起身，大踏步走进屋里去，大声叫开饭。这时候小孩们更把蛋热热的捡起，藏在背后拿进屋子来，说是怕鹅看见了要生气。鹅蛋真是大，有鸡蛋的四倍呢！主母的蛋篓子内积得多了，就拿来制盐蛋。炖一个盐鹅蛋，一家人吃不了的！工友上街买菜回来说："今天菜市上有卖鹅蛋的，要四百元一个。我们的鹅每天挣四百元，一个月挣一万二，比我们做工还好呢，哈哈哈哈。"大家陪他"哈哈哈哈"。望望那鹅，它正吃饱了饭，昂胸凸肚地，在院子里踱方步，看野景，似乎更加神气活现了。但我觉得，比吃鹅蛋更好的，还是它的精神的贡献。因为我这屋实在太简陋，环境实在太荒凉，生活实在太岑寂了。赖有这一只白鹅，点缀庭院，增加生气，慰我寂寞了。

且说我这屋子，真是简陋极了：篱笆之内，地皮二十方丈，屋所占的只有六方丈，其余算是庭院。这六方丈上，建着三间"抗建式"①平屋，每间前后划分为二室，共得六室，

---

①"抗建式"，"抗建"即"抗战和建国"。抗战时期西南成为大后方，在"抗战与建国不可分离"这一宗旨下兴起了一波建设浪潮，其中就包括房屋建设。

每室平均一方丈。中央一间，前室特别大些，约有一方丈半弱，算是食堂兼客堂；后室就只有半方丈强，比公共汽车还小，作为家人的卧室。西边一间，平均划分为二，算是厨房及工友室。东边一间，也平均划分为二，后室也是家人的卧室，前室便是我的书房兼卧房。三年以来，我坐卧写作，都在这一方丈内。归熙甫《项脊轩记》中说："室仅方丈，可容一人居。"又说："雨泽下注，每移案，顾视无可置者。"我只有想起这些话的时候，感觉得自己满足。我的屋虽不上漏，可是墙是竹制的，单薄得很，夏天九点钟以后，东墙上炙手可热，室内好比开放了热水汀[1]。这时候反教人盼望警报，可到六七丈深的地下室内去凉快一下呢。

竹篱之内的院子，薄薄的泥层下面尽是岩石，只能种些番茄、蚕豆、芭蕉之类，却不能种树木。竹篱之外，坡岩起伏，尽是荒郊。因此这小屋赤裸裸的，孤零零的，毫无依蔽；远远望来，正像一个亭子。我长年坐守其中，就好比一个亭长。这地点离街约有里许，小径迂回，不易寻找，来客极稀。杜诗"幽栖地僻经过少"一句，这屋可以受之无愧。风雨之

①"热水汀"，即"暖气"。"水汀"是"steam"（暖气）的音译。

日，泥泞载途。狗也懒得走过，环境荒凉更甚。这些日子的岑寂的滋味，至今回想还觉得可怕。

自从这小屋落成之后，我就辞绝了教职，恢复了战前的闲居生活。我对外间绝少往来，每日只是读书，作画，饮酒，闲谈而已。我的时间全部是我自己的，这是我的性格的要求，这在我是认为幸福的。然而这幸福必须两个条件：在太平时，在都会里。如今在抗战期，在荒村里，这幸福就伴着一种苦闷——岑寂。为避免这苦闷，我便在读书作画之余，在院子里种豆，种菜，养鸽，养鹅。而鹅给我的印象最深。因为它有那么庞大的身体，那么雪白的颜色，那么雄壮的叫声，那么轩昂的态度，那么高傲的脾气和那么可笑的行为。在这荒凉岑寂的环境中，这鹅竟成了一个焦点。凄风苦雨之日，手酸意倦之时，推窗一望，死气沉沉，唯有这伟大的雪白的东西，高擎着琥珀色的喙，在雨中昂然独步，好像一个武装的守卫，使得这小屋有了保障，这院子有了主宰，这环境有了生气。

我的小屋易主的前几天，我把这鹅送给住在小龙坎的朋友人家。送出之后的几天内，颇有异样的感觉。这感觉与诀别一个人的时候所发生的感觉完全相同，不过分量较为轻微而已。原来一切众生，本是同根，凡属血气，皆有共感。所以这禽鸟比这房屋，更是牵惹人情，更能使人留恋。现在我写这篇短文，就好比为一个永诀的朋友立传，写照。

这鹅的旧主人姓夏名宗禹，现在和我邻居着。

▲ 三十五年四月二十五日于重庆

陋巷

杭州的小街道都称为巷。这名称是我们故乡所没有的。我幼时初到杭州，对于这巷字颇注意。我以前在书上读到颜子“居陋巷，一箪食，一瓢饮”的时候，常疑所谓“陋巷”，不知是甚样的去处。想来大约是一条坍圮、龌龊而狭小的弄，为灵气所钟而居了颜子的。我们故乡尽不乏坍圮、龌龊、狭小的弄，但都不能使我想象作陋巷。及到了杭州，看见了巷的名称，才在想象中确定颜子所居的地方，大约是这种巷里。每逢走过这种巷，我常怀疑那颓垣破壁的里面，也许隐居着今世的颜子。

● 本篇曾载于 1933 年 4 月 16 日《东方杂志》第 30 卷第 8 号。

就中有一条巷，是我所认为陋巷的代表的。只要说起陋巷两字，我脑中会立刻浮出这巷的光景来。其实我只到过这陋巷里三次，不过这三次的印象都很清楚，现在都写得出来。

第一次我到这陋巷里，是将近二十年前的事。那时我只十七八岁，正在杭州的师范学校里读书。我的艺术科教师 L 先生[①]似乎嫌艺术的力道薄弱，过不来他的精神生活的瘾，把图画音乐的书籍用具送给我们，自己到山里去断了十七天食，回来又研究佛法，预备出家了。在出家前的某日，他带了我到这陋巷里去访问 M 先生[②]。我跟着 L 先生走进这陋巷中的一间老屋，就看见一位身材矮胖而满面须髯的中年男子从里面走出来应接我们。我被介绍，向这位先生一鞠躬，就坐在一只椅子上听他们的谈话。我其实全然听不懂他们的话，只是断片地听到什么“楞严”“圆觉”等名词，又有一个英语“philosophy（哲学）”出现在他们的谈话中。这英语是我当时新近记诵的，听到时怪有兴味。可是话的全体的意义我都不解。这一半是因为 L 先生打着天津白，M 先生则叫工人倒茶

①“L 先生”，即李叔同先生。

②“M 先生”，即马一浮先生。

的时候说纯粹的绍兴土白，面对我们谈话时也作北腔的方言，在我都不能完全通用。当时我想，你若肯把我当作倒茶的工人，我也许还能听得懂些。但这话不好对他说，我只得假装静听的样子坐着，其实我在那里偷看这位初见的 M 先生的状貌。他的头圆而大，脑部特别丰隆，假如身体不是这样矮胖，一定负载不起。他的眼不像 L 先生的眼地纤细，圆大而炯炯发光，上眼帘弯成一条坚致有力的弧线，切着下面的深黑的瞳子。他的须髯从左耳根缘着脸孔一直挂到右耳根，颜色与眼瞳一样深黑。我当时正热衷于木炭画，我觉得他的肖像宜用木炭描写，但那坚致有力的眼线，是我的木炭所描不出的。我正在这样观察的时候，他的谈话中突然发出哈哈的笑声。我惊奇他的笑声响亮而愉快，同他的话声全然不接，好像是两个人的声音。他一面笑，一面用炯炯发光的黑眼顾视到我。我正在对他做绘画的及音乐的观察，全然没有知道可笑的理由，但因假装着静听的样子，不能漠然不动，又不好意思问他“你有什么好笑”而请他重说一遍，只得再假装领会的样子，强颜作笑。他们当然不会考问我领会到如何程度，但我自己问心，很是惭愧。我惭愧我的装腔作笑，又痛恨自己何以听不懂他们的话。他们的话愈谈愈长，M 先生的笑声愈多愈响，同时我的愧恨也愈积愈深。从进来到辞去，我一向做个怀着愧恨的傀儡，冤枉地被带到这陋巷中的老屋里来摆了几个钟头。

第二次我到这陋巷，在于前年，是做傀儡之后十六年的事了。这十六七年之间，我东奔西走地糊口于四方，多了妻室和一群子女，少了一个母亲；M先生则十余年如一日，长是孑然一身地隐居在这陋巷的老屋里。我第二次见他，是前年的清明日，我是代L先生送两块印石而去的。我看见陋巷照旧是我所想象的颜子的居处，那老屋也照旧古色苍然。M先生的音容和十余年前一样，坚致有力的眼帘，炯炯发光的黑瞳和响亮而愉快的谈笑声。但是听这谈笑声的我，与前大异了。我对于他的话，方言不成问题，意思也完全懂得了。像上次做傀儡的苦痛，这回已经没有，可是另感到一种更深的苦痛：我那时初失母亲——从我孩提时兼了父职抚育我到成人，而我未曾有涓埃的报答的母亲。痛恨之极，心中充满了对于无常的悲愤和疑惑。自己没有解除这悲和疑的能力，便堕入了颓唐的状态。我只想跟着孩子们到山巅水滨去picnic（郊游），以暂时忘却我的苦痛，而独怕听接触人生根本问题的话。我是明知故犯地堕落了。但我的堕落在我所处的社会环境中颇能隐藏。因为我每天还为了糊口而读几页书，写几小时稿，长年除荤戒酒，不看戏，又不赌博，所有的嗜好只是每天吸半听美丽牌香烟，吃些糖果，买些玩具同孩子们弄弄。在我所处的社会环境中的人看来，这样的人非但不堕落，着实是有淘剩[1]的。但 M 先生的严肃的人生，显明地衬出了我的堕落。他和我谈起我所作而他所序的《护生画集》，勉励我；知道我抱着风木之悲，又为我解说无常，劝慰我。其实我不须听他的话，只要望见他的颜色，已觉羞愧得无地自容了。我心中似有一团“剪不断，理还乱”的丝，因为解不清楚，用纸包好了藏着。M 先生的态度和说话，着力地在那里发开我这纸包来。我在他面前渐感局促不安，坐了约一小时就告辞。当他送我出门的时候，我感到与十余年前在这里做了几小时傀儡而解放出来时同样愉快的心情。我走出那陋巷，看见街角上停着一辆黄包车，便不问价钱，跨了上去。仰看天色晴明，决定先到采芝斋买些糖果，带了到六和塔去度送这清明日。但当我晚上拖了疲倦的肢体而回到旅馆的时候，想起上午所访问的主人，热烈地感到畏敬的亲

① “淘剩”，方言，意即“出息”。

爱。我准拟明天再去访他，把心中的纸包打开来给他看。但到了明朝，我的心又全被西湖的春色所占据了。

第三次我到这陋巷，是最近一星期前的事。这回是我自动去访问的。M先生照旧孑然一身地隐居在那陋巷的老屋里，两眼照旧描着坚致有力的线而炯炯发光，谈笑声照旧愉快。只是使我惊奇的，他的深黑的须髯已变成银灰色，渐近白色了。我心中浮出“白发不能容宰相，也同闲客满头生”[①]之句，同时又悔不早些常来亲近他，而自恨三年来的生活的堕落。现在我的母亲已死了三年多了[②]，我的心似已屈服于“无常”，不复如前之悲愤，同时我的生活也就从颓唐中爬起来，想对“无常”做长期的抵抗了。我在古人诗词中读到“笙歌归院落，灯火下楼台”“六朝旧时明月，清夜满秦淮”“白头宫女在，闲坐说玄宗”等咏叹无常的文句，不肯放过，给它们翻译为画。以前曾寄两幅给M先生，近来想多集些文句来描画，预备作一册《无常画集》。我就把这点意思告诉他，并请他指教。他欣然地指示我许多可找这种题材的佛经和诗文

---

① 疑有误，《全唐诗》作“白发不能容相国，也同闲客满头生”，作者不详。

② 作者的母亲于1930年阴历正月初五（即阳历2月3日）去世。据“三年多”之说推测，文末所署写作时间应为阴历正月十五。

集，又背诵了许多佳句给我听。最后他幡然地说道：“无常就是常。无常容易画，常不容易画。”我好久没有听见这样的话了，怪不得生活异常苦闷。他这话把我从无常的火宅中救出，使我感到无限的清凉。当时我想，我画了《无常画集》之后，要再画一册《常画集》。《常画集》不须请他作序，因为自始至终每页都是空白的。

这一天我走出那陋巷，已是傍晚时候。岁暮的景象和雨雪充塞了道路。我独自在路上彷徨，回想前年不问价钱跨上黄包车那一回，又回想二十年前做了几小时傀儡而解放出来那一回，似觉身在梦中。

▲ 一九三三年一月十五日于石门湾

竹影[●]

这一天我很不快活，又很快活。所不快活的，这是五卅[①]国耻纪念，说起“五卅”这两个字，一副凶恶的脸孔和一堆鲜红的血立刻出现在我的脑际，不快之念随之而生。所快活的，这是星期六，晚饭后可以任意游乐，没有明天的功课催我就寝。况且早上我听见弟弟和华明打过“电报”：弟弟对他说“今——放——后，你——我——玩”，华明回答他说“放——后——行，吃——夜——后，我——你——玩”。他们常用这种的简略话当作暗号，称之为“打电报”，但我一

● 本篇曾载于 1936 年 5 月 25 日《新少年》第 1 卷第 10 期。

① “五卅”，即“五卅运动”。1925 年 5 月 30 日，上海群众游行示威，抗议日本纱厂的资本家枪杀领导罢工的共产党员顾正红，到公共租界时遭到英国巡捕的开枪射击，引发了全国性的反帝革命运动。

听就懂得他们的意思：弟弟对他说的是“今天放学后，你到我家玩”，华明回答的是“放学后不行，吃过夜饭后，我到你家玩”。华明本来是很会闹架儿[1]的一个人。近来不知怎样一来，把闹架儿的工夫改用在玩意儿上了，和我们非常亲热。我们种种有趣的玩意儿，没有他参加几乎不能成行。这一天吃过夜饭后他来我家玩，我知道一定又有什么花头。星期六的晚上，两三个亲热的同学聚会在一起，这是何等快活的事！

暑气和沉闷伴着了“五卅”来到人间。吃过晚饭后，天气还是闷热。窗子完全开开了，房间里还坐不牢[2]。太阳虽已落山，天还没有黑。一种幽暗的光弥漫在窗际，仿佛电影中的一幕。我和弟弟就搬了藤椅子，到屋后的院子里去乘凉。同时关照徐妈，华明来了请他到院子里来。

我们搬三只藤椅子，放在院角的竹林里，两只自己坐了，空着一只待华明来坐。天空好像一盏乏了油的灯，红光渐渐地减弱。我把眼睛守定西天看了一会，看见那光一跳一跳地沉下去，非常微细，但又非常迅速而不可挽救。正在看得出

①“闹架儿”，意即“吵嘴打架”。
②“坐不牢”，意即“坐不住”。

神，似觉眼梢头另有一种微光，渐渐地在那里强起来。回头一看，原来月亮已在东天的竹叶中间放出她的清光。院子里的光景已由暖色变成寒色，由长音阶变成短音阶了。门口一个黑影出现，好像一只立起的青蛙，向我们跳将过来。来的是华明。

“嘎，你们写意①得很！这椅子给我坐的？”他不待我们回答，一屁股坐在藤椅上，剧烈地摇他的两脚。他的椅子背所靠着的那根竹，跟了他的动作而发抖，上面的竹叶做出萧萧的声音来。这引动了三人的眼，大家仰起头来向天空看。月亮已经升得很高，隐在一丛竹叶中。竹叶的摇动把她切成许多不规则的小块，闪烁地映入我们的眼中。大家赞美了一番之后，弟弟说：“可耻的五卅快过去了！”华明说：“可乐的星期日快来到了！”我说：“可爱的星期六晚上已经在这里了！我们今晚干些什么呢？”弟弟说：“我们谈天吧。我先有一个问题给你们猜：细看月亮光底下的人影，头上出烟气。这是什么道理？”我和华明都不相信，于是大家走出竹林外，蹲下来看水门汀②上的人影。我看了好久，果然看见头上有

①“写意”，意即“舒适，惬意”。
②“水门汀”，即水泥地，英语“cement”（水泥）的音译。

一缕一缕的细烟，好像漫画里所描写的动怒的人。“是口里的热气吧？”“是头上的汗水在那里蒸发吧？”大家蹲在地上争论了一会，没有解决。华明的注意力却转向了别处，他从身边摸出一支半寸长的铅笔来，在水门汀上热心地描写自己的影。描好了，立起来一看，真像一只青蛙，他自己看了也要笑。徘徊之间，我们同时发现了映在水门汀上的竹叶的影子，同声地叫起来：“啊！好看啊！中国画！”华明就拿半寸长的铅笔去描。弟弟手痒起来，连忙跑进屋里去拿铅笔。我学他的口头禅喊他：“对起，对起，给我也带一支来！”不久他拿了一把木炭来分送我们。华明就收藏了他那半寸长的法宝，改用木炭来描。大家蹲下去，用木炭在水门汀上参参差差地描出许多竹叶来。一面谈着：“这一枝很像校长先生房间里的横幅呢！”“这一丛很像我家堂前的立轴呢！”“这是《芥子园画谱》里的！”“这是吴昌硕的！”忽然一个大人的声音在我们头上慢慢地响出来：“这是管夫人的！”大家吃了一惊，立起身来，看见爸爸反背着手立在水门汀旁的草地上看我们描竹，他明明是来得很久了。华明难为情似的站了起来，把拿木炭的手藏在背后，似乎恐防爸爸责备他弄脏了我家的水门汀。爸爸似乎很理解他的意思，立刻对着他说道：

“谁想出来的？这画法真好玩呢！我也来描几瓣看。”弟弟连忙拣木炭给他。爸爸也蹲在地上描竹叶了。这时候华明方才放心，我们也更加高兴，一边描，一边拿许多话问爸爸：

“管夫人是谁？”“她是一位善于画竹的女画家。她的丈夫名叫赵子昂，是一位善于画马的男画家。他们是元朝人，是中国很有名的两大夫妻画家。”

“马的确难画，竹有什么难画呢？照我们现在这种描法，岂不很容易又很好看吗？”“容易固然容易，但是这么‘依样画葫芦’，终究缺乏画意，不过好玩罢了。画竹不是照真竹一样描，须经过选择和布置。画家选择竹的最好看的姿态，巧妙地布置在纸上，然后成为竹的名画。这选择和布置很困难，并不比画马容易。画马的困难在于马本身上，画竹的困难在于竹叶的结合上。粗看竹画，好像只是墨笔的乱撇，其实竹叶的方向、疏密、浓淡、肥瘦，以及集合的形体，都要讲究。所以在中国画法上，竹是一专门部分。平生专门研究画竹的画家也有。”

“竹为什么不用绿颜料来画，而常用墨笔来画呢？用绿颜料撇竹叶，不更像吗？”“中国画不注重‘像不像’，不像西洋画那样画得同真物一样。凡画一物，只要能表出像我们闭目回想时所见的一种神气，就是佳作了。所以西洋画像照相，中国画像符号。符号只要用墨笔就够了。原来墨是很好的一种颜料。它是红黄蓝三原色等量混合而成的。故墨画中看似只有一色，其实包罗三原色，即包罗世界上所有的颜色。故墨画在中国画中是很高贵的一种画法。故用墨来画竹，是最正当的。倘然用了绿颜料，就因为太像实物，反而失却神气。所以中国画家不欢喜用绿颜料画竹；反之，却欢喜用与绿相反对的红色来画竹。这叫作‘朱竹’，是用笔蘸了朱砂来撇的。你想，世界上哪有红色的竹？但这时候画家所描的，实在已经不是竹，只是竹的一种美的姿势，一种活的神气，所以不妨用红色来描。”爸爸说到这里，丢了手中的木炭，立起身来结束地说：“中国画大都如此。我们对中国画应该都取这样的看法。”

月亮渐渐升高来，竹影渐渐与地上描着的木炭线相分离，现出参差不齐的样子来，好像脱了版的印刷。夜渐深了，华明就告辞。“明天日里头①来看这地上描着的影子，一定更好看。但希望天不要落雨，洗去了我们的‘墨竹’，大家明天

①“日里头”，方言，意即“白天”。

会！”他说着就出去了。我们送他出门。

我回到堂前，看见中堂挂着的立轴——吴昌硕描的墨竹，似觉更有意味。那些竹叶的方向、疏密、浓淡、肥瘦，以及集合的形体，似乎都有意义，表现着一种美的姿态，一种活的神气。

▲ 一九三六年五月

云霓[●]

这是去年夏天的事。

两个月不下雨。太阳每天晒十五小时。寒暑表中的水银每天爬到百度[①]之上。河底处处向天。池塘成为洼地。野草变作黄色而矗立在灰白色的干土中。大热的苦闷和大旱的恐慌充塞了人间。

室内没有一处地方不热。坐凳子好像坐在铜火炉上。按桌子好像按着了烟囱。洋蜡烛[②]从台上弯下来，弯成磁铁的

● 本篇曾载于 1935 年 5 月 3 日《申报 · 自由谈》，后作为上海天马书店 1935 年 4 月初版《云霓》画集代序。

① “度”，指华氏度。一百华氏度约等于三十七点八摄氏度。

② “洋蜡烛”，即照明用的蜡烛。中国传统蜡烛以薪苇为中心，灌以脂膏，而洋蜡烛是用石蜡制成，以棉纱线为中心。

形状；薄荷锭[1] 在桌子上放了一会，旋开来统统熔化而蒸发了。狗子伸着舌头伏在桌子底下喘息，人们各占住了一个门口而不息地挥扇。挥得手腕欲断，汗水还是不绝地流。汗水虽多，饮水却成问题。远处挑来的要四角钱一担，倒在水缸里好像乳汁；近处挑来的也要十个铜板一担，沉淀起来的有小半担是泥。有钱买水的人家，大家省省地用水。洗过面的水留着洗衣服，洗过衣服的水留着洗裤，洗过裤的水再留着浇花。没有钱买水的人家，小脚的母亲和数岁的孩子带了桶到远处去扛。每天愁热愁水，还要愁未来的旱荒。迟耕的地方还没有种田，田土已硬得同石头一般。早耕的地方苗秧已长，但都变成枯草了。尽驱全村的男子踏水。先由大河踏进小河，再由小河踏进港汊[2]，再由港汊踏进田里。但一日工作十五小时，人们所踏进来的水，不够一日照临十五小时太阳的蒸发。今天来个消息，西南角上的田禾全变黄色了；明天又来个消息，运河岸上的水车增至八百几十部了。人们相见时，最初徒唤奈何：“只管不下雨怎么办呢？”“天公竟把落雨这件事根本忘记了！”但后来得到一个结论，大家一见

---

①“薄荷锭”，一种可涂抹的块状药物，用于治疗风热感冒头痛。
②“港汊”，河汊子。

面就惶恐地相告："再过十天不下雨，大荒年来了！"

此后的十天内，大家不暇愁热，眼巴巴地只望下雨。每天一早醒来，第一件事是问天气。然而天气只管是晴，晴，晴……一直晴了十天。第十天以后还是晴，晴，晴……晴到不计其数。有几个人绝望地说："即使现在马上下雨，已经来不及了。"然而多数人并不绝望：农人依旧拼命踏水，连黄发垂髫都出来参加。镇上的人依旧天天仰首看天，希望它即刻下雨，或者还有万一的补救。他们所以不绝望者，为的是十余日来东南角上天天挂着几朵云霓，它们忽浮忽沉，忽大忽小，忽明忽暗，忽聚忽散，向人们显示种种欲雨的现象，维持着他们的一线希望。有时它们升起来，大起来，黑起来，似乎义勇地向踏水的和看天的人说："不要失望！我们带雨来了！"于是踏水的人增加了勇气，愈加拼命地踏，看天的人得着了希望，欣欣然有喜色而相与欢呼："落雨了！落雨了！"年老者摇着双手阻止他们："喊不得，喊不得，要吓退的啊。"不久那些云霓果然被吓退了，它们在炎阳之下渐渐地下去，少起来，淡起来，散开去，终于隐伏在地平线下。人们空欢喜了一场，依旧回进大热的苦闷和大旱的恐慌中。每天有一场空欢喜，但每天逃不出苦闷和恐怖。原来这些云霓只是挂着给人看看，空空地给人安慰和勉励而已。后来人们都看穿了，任它们五色灿烂地飘游在天空，只管低着头和热与旱奋斗，得过且过地度日子，不再上那些虚空的云霓的当了。

这是去年夏天的事。后来天终于下雨，但已无补于事，大荒年终于出现。现在，农人啖着糠粞，工人闲着工具，商人守着空柜，都在那里等候蚕熟和麦熟，不再回忆过去的旧事了。

我现在为什么在这里重提旧事呢？因为我在大旱时曾为这云霓描一幅画。现在从大旱以来所作画中选出民间生活描写的六十幅来，结集为一册书，把这幅《云霓》冠卷首，就名其书为《云霓》。这也不仅是模仿《关雎》《葛覃》，取首句作篇名而已。因为我觉得现代的民间，始终充塞着大热似的苦闷和大旱似的恐慌，而且也有几朵“云霓”始终挂在我们的眼前，时时用美好的形状来安慰我们，勉励我们，维持我们生活前途的一线希望，与去年夏天的状况无异。就记述这状况，当作该书的代序。

记述既毕，自己起了疑问：我这《云霓》能不空空地给人玩赏吗？能满足大旱时代的渴望吗？自己知道都不能。因为这里所描的云霓太小了，太少了。仅乎这几朵怎能沛然下雨呢？恐怕也只能空空地给人玩赏一下，然后任其消沉到地平线底下去的吧。

▲ 画集《云霓》（天马版）代序，廿四年三月十九日作

梧桐树°

寓楼的窗前有好几株梧桐树。这些都是邻家院子里的东西，但在形式上是我所有的。因为它们和我隔着适当的距离，好像是专门种给我看的。它们的主人，对于它们的局部状态也许比我看得清楚，但是对于它们的全体容貌，恐怕始终没看清楚呢。因为这必须隔着相当的距离方才看见。唐人诗云："山远始为容。"我以为树亦如此。自初夏至今，这几株梧桐树在我面前浓妆淡抹，显出了种种的容貌。

当春尽夏初，我眼看见新桐初乳的光景。那些嫩黄的小

° 本篇曾载于 1935 年 12 月 16 日《宇宙风》第 1 卷第 7 期。

叶子一簇簇地顶在秃枝头上，好像一堂树灯①，又好像小学生的剪贴图案，布置均匀而带幼稚气。植物的生叶，也有种种技巧：有的新陈代谢，瞒过了人的眼睛而在暗中偷换青黄。有的微乎其微，渐乎其渐，使人不觉察其由秃枝变成绿叶。只有梧桐树的生叶，技巧最为拙劣，但态度最为坦白。它们的枝头疏而粗，它们的叶子平而大。叶子一生，全树显然变容。

在夏天，我又眼看见绿叶成荫的光景。那些团扇大的叶片，长得密密层层，望去不留一线空隙，好像一个大绿幛，又好像图案画中的一座青山。在我所常见的庭院植物中，叶子之大，除了芭蕉以外，恐怕无过于梧桐了。芭蕉叶形状虽大，数目不多，那丁香结要过好几天才展开一张叶子来，全树的叶子寥寥可数。梧桐叶虽不及它大，可是数目繁多。那猪耳朵一般的东西，重重叠叠地挂着，一直从低枝上挂到树顶。窗前摆了几枝梧桐，我觉得绿意实在太多了。古人说“芭蕉分绿上窗纱”，眼光未免太低，只是阶前窗下的所见而已。若登楼眺望，芭蕉便落在眼底，应见“梧桐分绿上窗

---

① “树灯”，一种形状像树，上面点着许多琉璃灯的灯架，系浙江杭州一带的丧葬风俗。

纱”了。

一个月以来，我又眼看见梧桐叶落的光景。样子真凄惨呢！最初绿色黑暗起来，变成墨绿；后来又由墨绿转成焦黄；北风一吹，它们大惊小怪地闹将起来，大大的黄叶便开始辞枝——起初突然地落脱一两张来，后来成群地飞下一大批来，好像谁从高楼上丢下来的东西。枝头渐渐地虚空了，露出树后面的房屋来，终于只剩几根枝条，回复了春初的面目。这几天它们空手站在我的窗前，好像曾经娶妻生子而家破人亡了的光棍，样子怪可怜的！我想起了古人的诗：“高高山头树，风吹叶落去。一去数千里，何当还故处？”现在倘要搜集它们的一切落叶来，使它们一齐变绿，重还故枝，回复夏日的光景，即使仗了世间一切支配者的势力，尽了世间一切机械的效能，也是不可能的事了！回黄转绿世间多，但象征悲哀的莫如落叶，尤其是梧桐的落叶。落花也曾令人悲哀。但花的寿命短促，犹如婴儿初生即死，我们虽也怜惜他，但因对他关系未久，回忆不多，因之悲哀也不深。叶的寿命比花长得多，尤其是梧桐的叶，自初生至落尽，占有大半年之久，况且这般繁茂，这般盛大！眼前高厚浓重的几堆大绿，一朝化为乌有！“无常”的象征，莫大于此了！

但它们的主人，恐怕没有感到这种悲哀。因为他们虽然种植了它们，所有了它们，但都没有看见上述的种种光景。他们只是坐在窗下瞧瞧它们的根干，站在阶前仰望它们的枝叶，为它们扫扫落叶而已，何从看见它们的容貌呢？何从感到它们的象征呢？可知自然是不能被占有的。可知艺术也是不能被占有的。

▲ 廿四年十一月廿八日夜作，曾载《宇宙风》

阿咪●

阿咪者，小白猫也。十五年前我曾为大白猫“白象”写文。白象死后又曾养一黄猫，并未为它写文。最近来了这阿咪，似觉非写不可了。盖在黄猫时代我早有所感，想再度替猫写照。但念此种文章，无益于世道人心，不写也罢。黄猫短命而死之后，写文之念遂消。直至最近，友人送了我这阿咪，此念复萌，不可遏止。率尔命笔，也顾不得世道人心了。

阿咪之父是中国猫，之母是外国猫。故阿咪毛甚长，有似兔子。想是秉承母教之故，态度异常活泼，除睡觉外，竟

● 本篇曾载于1962年8月5日《上海文学》第35期。

无片刻静止。地上倘有一物，便是它的游戏伴侣，百玩不厌。人倘理睬它一下，它就用姿态动作代替言语，和你大打交道。此时你即使有要事在身，也只得暂时撇开，与它应酬一下；即使有懊恼在心，也自会忘怀一切，笑逐颜开。哭的孩子看见了阿咪，会破涕为笑呢。

我家平日只有四个大人和半个小孩。半个小孩者，便是我女儿的干女儿，住在隔壁，每星期三天宿在家里，四天宿在这里，但白天总是上学。因此，我家白昼往往岑寂，写作的埋头写作，做家务的专心家务，肃静无声，有时竟像修道院。自从来了阿咪，家中忽然热闹了。厨房里常有保姆的话声或骂声，其对象便是阿咪。室中常有陌生的笑谈声，是送信人或邮递员在欣赏阿咪。来客之中，送信人及邮递员最是枯燥，往往交了信件就走，绝少开口谈话。自从家里有了阿咪，这些客人亲昵得多了。常常因猫而问长问短，有说有笑，送出了信件还是流连不忍遽去。

访客之中，有的也很枯燥无味。他们是为公事或私事或礼貌而来的，谈话有的规矩严肃，有的啰唆疙瘩，有的虚空无聊，谈完了天气之后只得默守冷场。然而自从来了阿咪，我们的谈话有了插曲，有了调节，主客都舒畅了。有一个为正经而来的客人，正在侃侃而谈之时，看见阿咪姗姗而来，注意力便被吸引，不能再谈下去，甚至我问他也不回答了。又有一个客人向我叙述一件颇伤脑筋之事，谈话冗长曲折，连听者也很吃力。谈至中途，阿咪蹦跳而来，无端地仰卧在我面前了。这客人正在愤慨之际，忽然转怒为喜，停止发言，赞道："这猫很有趣！"便欣赏它，抚弄它，获得了片时的休息与调节。有一个客人带了个孩子来。我们谈话，孩子不感兴味，在旁枯坐。我家此时没有小主人可陪小客人，我正抱歉，忽然阿咪从沙发下钻出，抱住了我的脚。于是大小客人共同欣赏阿咪，三人就团结一气了。后来我应酬大客人，阿咪替我招待小客人，我这主人就放心了。原来小朋友最爱猫，和它厮伴半天，也不厌倦，甚至被它抓出了血也情愿。因为他们有一共通性：活泼好动。女孩子更欢喜猫，逗它玩它，抱它喂它，劳而不怨。因为她们也有个共通性：娇痴亲昵。

写到这里，我回想起已故的黄猫来了。这猫名叫"猫伯伯"。在我们故乡，伯伯不一定是尊称。我们称鬼为"鬼伯伯"，称贼为"贼伯伯"。故猫也不妨称为"猫伯伯"。大约对于特殊而引人注目的人物，都可讥讽地称之为伯伯。这猫的确是特殊而引人注目的。我的女儿最欢喜它。有时她正在写稿，忽然猫伯伯跳上书桌来，面对着她，端端正正地坐在稿纸上了。她不忍驱逐，就放下了笔，和它玩耍一会。有时它竟盘拢身体，就在稿纸上睡觉了，身体仿佛一堆牛粪，正好装满了一张稿纸。有一天，来了一位难得光临的贵客。我正襟危坐，专心应对。“久仰久仰”，“岂敢岂敢”，有似演剧。忽然猫伯伯跳上矮桌来，嗅嗅贵客的衣袖。我觉得太唐突，想赶走它。贵客却抚它的背，极口称赞：“这猫真好！”话头转向了猫，紧张的演剧就变成了和乐的闲谈。后来我把猫伯伯抱开，放在地上，希望它去了，好让我们演完这一幕。岂知过得不久，忽然猫伯伯跳到沙发背后，迅速地爬上贵客的背脊，端端正正地坐在他的后颈上了！这贵客身体魁梧奇伟，背脊颇有些驼，坐着喝茶时，猫伯伯看来是个小山坡，爬上去很不吃力。此时我但见贵客的天官赐福的面孔上方，露出一个威风凛凛的猫头，画出来真好看呢！我以主人口气呵斥猫伯伯的无礼，一面起身捉猫。但贵客摇手阻止，把头低下，使山坡平坦些，让猫伯伯坐得舒服。如此甚好，我也何必做煞风景的主人呢？于是主客关系亲密起来，交情深入了一步。

可知猫是男女老幼一切人民大家喜爱的动物。猫的可爱，可说是群众意见。而实际上，如上所述，猫的确能化岑寂为热闹，变枯燥为生趣，转懊恼为欢笑；能助人亲善，教人团结。即使不捕老鼠，也有功于人生。那么我今为猫写照，恐是未可厚非之事吧？猫伯伯行年四岁，短命而死。这阿咪青春尚只三个月。希望它长寿健康，像我老家的老猫一样，活到十八岁。这老猫是我的父亲的爱物。父亲晚酌时，它总是端坐在酒壶边。父亲常常摘些豆腐干喂它。六十年前之事，今犹历历在目呢。

▲ 壬寅年仲夏于上海作

·第二卷·

学会艺术地生活

忆儿时[●]

一

我回忆儿时，有三件不能忘却的事。

第一件是养蚕。那是我五六岁时，我祖母在日的事。我祖母是一个豪爽而善于享乐的人，不但良辰佳节不肯轻轻放过，就是养蚕，也每年大规模地举行。其实，我长大后才晓得，祖母的养蚕并非专为图利，叶贵的年头常要蚀本，然而她欢喜这暮春的点缀，故每年大规模地举行。我所欢喜的，最初是蚕落地铺。那时我们的三开间的厅上、地上统是蚕，架着经纬的跳板，以便通行及饲叶。蒋五伯挑了担到地里去

● 本篇曾载于 1927 年 6 月 10 日《小说月报》第 18 卷第 6 号。

采叶，我与诸姊跟了去，去吃桑葚。蚕落地铺的时候，桑葚已很紫而甜了，比杨梅好吃得多。我们吃饱之后，又用一张大叶做一只碗，采了一碗桑葚，跟了蒋五伯回来。蒋五伯饲蚕，我就以走跳板为戏乐，常常失足翻落地铺里，压死许多蚕宝宝，祖母忙喊蒋五伯抱我起来，不许我再走。然而这满屋的跳板，像棋盘街一样，又很低，走起来一点不怕，真是有趣。这真是一年一度的难得的乐事！所以虽然祖母禁止，我总是每天要去走。

蚕上山之后，全家静默守护，那时不许小孩子们噪了，我暂时感到沉闷。然过了几天要采茧，做丝，热闹的空气又浓起来了。我们每年照例请牛桥头七娘娘来做丝。蒋五伯每天买枇杷和软糕来给采茧、做丝、烧火的人吃。大家似乎以为现在是辛苦而有希望的时候，应该享受这点心，都不客气地取食。我也无功受禄地天天吃多量的枇杷与软糕，这又是乐事。

七娘娘做丝休息的时候，捧了水烟筒，伸出她左手上的短少半段的小指给我看，对我说：“做丝的时候，丝车后面，是万万不可走近去的。”她的小指，便是小时候不留心被丝车轴棒轧脱的。她又说："小囡囡[1]不可走近丝车后面去，只管坐在我身旁，吃枇杷，吃软糕。还有做丝做出来的蚕蛹，叫妈妈油炒一炒，真好吃哩！"然而我始终不要吃蚕蛹，大概是我爸爸和诸姊不要吃的缘故。我所乐的，只是那时候家里的非常的空气。日常固定不动的堂窗、长台、八仙椅子，都并叠起，而变成不常见的丝车、匾、缸。又不断地公然地可以吃小食。

丝做好后，蒋五伯口中唱着"要吃枇杷，来年蚕罢"，收拾丝车，恢复一切陈设。我感到一种兴尽的寂寥。然而对于这种变换，倒也觉得新奇而有趣。

现在我回忆这儿时的事，真是常常使我神往！祖母、蒋五伯、七娘娘和诸姊，都像童话里的人物了。且在我看来，他们当时的剧的主人公便是我。何等甜美的回忆！只是这剧的题材，现在我仔细想想觉得不好：养蚕做丝，在生计上原是幸福的，然其本身是数万的生灵的杀虐！所谓饲蚕，是养犯人；所谓缫丝，是施炮烙！原来当时这种欢乐与幸福的背景，是生灵的虐杀！早知如此，我决计不要吃他们的桑葚、

---

①"囡囡（nānnān）"，意即"小孩"，是对小孩的爱称。

枇杷和软糕了。近来读《西青散记》，看到里面有两句仙人的诗句：“自织藕丝衫子嫩，可怜辛苦赦春蚕。”安得人间也发明织藕丝的丝车，而尽赦天下的春蚕的性命！

我七岁上祖母死了①，我家不复养蚕。不久父亲与诸姊弟相继死亡，家道衰落了，我的幸福的儿时也过去了。因此这件回忆，一面使我永远神往，一面又使我永远忏悔。

二

第二件不能忘却的事，是父亲的中秋赏月，而赏月之乐的中心，在于吃蟹。

我的父亲中了举人之后，科举就废，他无事在家，每日吃酒、看书。他不要吃羊牛猪肉，而欢喜用鱼虾之类。而对于蟹，尤其欢喜。自七八月起直到冬天，父亲平日的晚酌规定吃一只蟹，一碗隔壁豆腐店里买来的开锅热豆腐干。他的晚酌，时间总在黄昏。八仙桌上一盏洋油灯，一把紫砂酒壶，一只盛热豆腐干的碎瓷盖碗，一把水烟筒，一本书，桌子角上一只端坐的老猫，这印象在我脑中非常深，到现在还可以

---

①“七岁”，疑有误。作者的祖母于 1902 年 5 月去世，当时作者应该五岁。

清楚地浮现出来。我在旁边看，有时他给我一只蟹脚或半块豆腐干。然我欢喜蟹脚。蟹的味道真好，我们五六个姊妹兄弟，都欢喜吃，也是为了父亲欢喜吃的缘故。只有母亲与我们相反，欢喜吃肉，而不欢喜又不会吃蟹，吃的时候常常被蟹螯上的刺刺开手指，出血，而且抉剔得很不干净，父亲常常说她是外行。父亲说：吃蟹是风雅的事，吃法也要内行才懂得。先折蟹脚，后开蟹斗……脚上的拳头（即关节）里的肉怎样可以吃干净，脐里的肉怎样可以剔出……脚爪可以当作剔肉的针……蟹上的骨可以拼成一只很好的蝴蝶……父亲吃蟹真是内行，吃得非常干净。所以陈妈妈说："老爷吃下来的蟹壳，真是蟹壳。"

蟹的储藏所，就在天井角落里的缸里，经常总养着五六只。到了七夕、七月半、中秋、重阳等节候上，缸里的蟹就满了，那时我们都有的吃，而且每人得吃一大只，或一只半。尤其是中秋一天，兴致更浓。在深黄昏，移桌子到隔壁的白场[①]上的月光下面去吃。更深人静，明月底下只有我们一家的人，恰好围成一桌，此外只有一个供差使的红英坐在旁边。

①"白场"，方言，意即"场地"。

谈笑，看月，他们——父亲和诸姊——直到月落时光，我则半途睡去，与父亲和诸姊不分而散。

这原是为了父亲嗜蟹，以吃蟹为中心而举行的。故这种夜宴，不仅限于中秋，有蟹的节季里的月夜，无端也要举行数次。不过不是良辰佳节，我们少吃一点，有时两人分吃一只。我们都学父亲，剥得很精细，剥出来的肉不是立刻吃的，都积受在蟹斗里，剥完之后，放一点姜醋，拌一拌，就作为下饭的菜，此外没有别的菜了。因为父亲吃菜是很省的，且他说蟹是至味，吃蟹时混吃别的菜肴，是乏味的。我们也学他，半蟹斗的蟹肉，过两碗饭还有余，就可得父亲的称赞，又可以白口吃下余多的蟹肉，所以大家都勉励节省。现在回想那时候，半条蟹腿肉要过两大口饭，这滋味真是好！自父亲死了以后，我不曾再尝这种好滋味。现在，我已经自己做父亲，况且已茹素，当然永远不会再尝这滋味了。唉！儿时欢乐，何等使我神往！

然而这一剧的题材，仍是生灵的杀虐！当时我们一家团圞①之乐的背景，是杀生。我曾经做了杀生者的一分子，以承

①“团圞（luán）”，意即“团圆”。

父亲的欢悦。血食，原是数千年来一般人的习惯，然而残杀生灵，尤其是残杀生灵来养自己生命，快自己的口腹，反求诸人类的初心，总是不自然的，不应该的。文人有赞咏吃蟹的，例如什么“右手持螯，左手持杯”，什么“秋深蟹正肥”，作者读者，均因于习惯，赞叹其风雅。倘质诸初心，杀蟹而持其螯，见蟹肥而起杀心，有什么美，而值得在诗文中赞咏呢？

因此这件回忆，一面使我永远神往，一面又使我永远忏悔。

三

第三件不能忘却的事，是与隔壁豆腐店里的王囡囡的交游，而这交游的中心，在于钓鱼。

那是我十二三岁时的事，隔壁豆腐店里的王囡囡是当时我的小侣伴中的大阿哥。他是独子，他的母亲、祖母和大伯，都很疼爱他，给他很多的钱和玩具，而且每天放任他在外游玩。他家与我家贴邻而居。我家的人们每天赴市，必须经过他家的豆腐店的门口，两家的人们朝夕相见，互相来往。小孩子们也朝夕相见，互相来往。此外他家对于我家似乎还有一种邻人以上的深切的交谊，故他家的人对于我家特别要好，他的祖母常常拿本产的豆腐干、豆腐衣等来送给我父亲下酒。同时在小侣伴中，王囡囡也特别对我要好。他的年纪比我大，气力比我好，生活比我丰富，我们一道游玩的时候，他时时引导我，照顾我，犹似长兄对于幼弟。我们有时就在我家的染坊店里的榻上谈笑，有时相偕出游。他的祖母每次看见我俩一同玩耍，必叮嘱囡囡好好看待我，勿要相骂。我听人说，他家似乎曾经患难，而我父亲曾经帮他们忙，所以他家大人们吩咐王囡囡照应我。

我起初不会钓鱼，是王囡囡教我的。他叫他大伯买两副钓竿，一副送我，一副他自己用。他到米桶里去捉许多米虫，浸在盛水的罐头里，领了我到木场桥头去钓鱼。他教给我看，先捉起一个米虫来，把钓钩由虫尾穿进，直穿到头部，然后放下水去。他又说：“浮珠一动，你要立刻拉，那么钩子钩住鱼的颚，鱼就逃不脱。”我照他所教的试验，果然第一天钓了十几头白条，然而都是他帮我拉钓竿的。

第二天，他手里拿了半罐头扑杀的苍蝇，又来约我去钓鱼。途中他对我说：“不一定是米虫，用苍蝇钓鱼更好。鱼欢喜吃苍蝇！”这一天我们钓了一小桶各种的鱼。回家的时候，他把鱼桶送到我家里，说他不要。我母亲就叫红英去煎一煎，给我下晚饭。

自此以后，我只管欢喜钓鱼。不一定要王囡囡陪去，自己一人也去钓，又学得了掘蚯蚓来钓鱼的方法。而且钓来的鱼，不仅够自己下晚饭，还可送给店里的人吃，或给猫吃。我记得这时候我的热心钓鱼，不仅出于游戏欲，又有几分功利的兴味在内。有三四个夏季，我热心于钓鱼，给母亲省了不少的菜蔬钱。

后来我长大了，赴他乡入学，不复有钓鱼的工夫。但在书中常常读到赞咏钓鱼的文句，例如什么“独钓寒江雪”，什么“羊裘钓叟”，什么“渔樵度此身”①，才知道钓鱼原来是很高雅的事。后来又晓得有所谓“游钓之地”的美名称，是形容人的故乡的。我大受其煽惑，为之大发牢骚：我想钓鱼确是雅的，我的故乡，确是我的游钓之地，确是可怀的故乡。

但是现在想想，不幸而这题材也是生灵的杀虐！王囡囡所照应我的，是教我杀米虫，杀苍蝇，以诱杀许多的鱼。所

---

① 疑有误，原句应为“渔樵寄此生”，出自杜甫诗《村夜》：“胡羯何多难，渔樵寄此生。”

谓“羊裘钓叟”，其实是一个穿羊裘的鱼的诱杀者；所谓“游钓之地”，其实就是小时候谋杀鱼的地方，想起了应使人寒栗，还有什么高雅，什么可恋呢？

“杀”，不拘杀什么，总是不祥的。我相信，人的吃荤腥，都是掩耳盗铃。如果眼看猪的受屠，一定咽不下一筷肉丝。杀人的五卅事件足以动人的公愤，而杀蚕、杀蟹、杀鱼反可有助人的欢娱，同为生灵的人与蚕、蟹、鱼的生命的价值相去何远呢？

我的黄金时代很短，可怀念的又只有这三件事。不幸而都是杀生取乐，都使我永远忏悔。

▲ 一九二七年梅雨时节

梦痕°

我的左额上有一条同眉毛一般长短的疤。这是我儿时游戏中在门槛上跌破了头颅而结成的。相面先生说这是破相，这是缺陷。但我自己美其名曰“梦痕”。因为这是我的梦一般的儿童时代所遗留下来的唯一的痕迹。由这痕迹可以探寻我的儿童时代的美丽的梦。

我四五岁时，有一天，我家为了“打送”（吾乡风俗，亲戚家的孩子第一次上门来做客，辞去时，主人家必做几盘包子送他，名曰“打送”）某家的小客人，母亲、姑母、婶母和诸姊们都在做米粉包子。厅屋的中间放一只大匾，匾的中

° 本篇曾载于 1934 年 7 月 20 日《人间世》第 8 期，原名《疤》。后收入《随笔二十篇》时，改名为《梦痕》。

央放一只大盘，盘内盛着一大堆黏土一般的米粉，和一大碗做馅用的甜甜的豆沙。母亲们大家围坐在大匾的四周。各人卷起衣袖，向盘内摘取一块米粉来，捏做一只碗的形状；夹取一筷豆沙来藏在这碗内；然后把碗口收拢来，做成一个圆子。再用手法把圆子捏成三角形，扭出三条绞丝花纹的脊梁来；最后在脊梁凑合的中心点上打一个红色的“寿”字印子，包子便做成。一圈一圈地陈列在大匾内，样子很是好看。大家一边做，一边兴高采烈地说笑。有时说谁的做得太小，谁的做得太大；有时盛称姑母的做得太玲珑，有时笑指母亲的做得像个塌饼。笑语之声，充满一堂。这是年中难得的全家欢笑的日子。而在我，做孩子们的，在这种日子更有无上的欢乐；在准备做包子时，我得先吃一碗甜甜的豆沙。做的时候，我只要噪闹一下子，母亲们会另做一只小包子来给我当场就吃。新鲜的米粉和新鲜的豆沙，热热地做出来就吃，味道是最好不过的。我往往吃一只不够，再噪闹一下子就得吃第二只。倘然吃第二只还不够，我可嚷着要替她们打寿字印子。这印子是不容易打的：蘸的水太多了，打出来一塌糊涂，看不出寿字；蘸的水太少了，打出来又不清楚；况且位置要摆得正，歪了就难看；打坏了又不能揩抹涂改。所以我嚷着要打印子，是母亲们所最怕的事。她们便会和我商量，把做圆子收口时摘下来的一小粒米粉给我，叫我“自己做来自己吃”。这正是我所盼望的主目的！开了这个例之后，各人做圆子收口时摘下来的米粉，就都得照例归我所有。再不够时还得要求向大盘中扭一把米粉来，自由捏造各种黏土手工：捏一个人，团拢了，改捏一个狗；再团拢了，再改捏一只水烟管……捏到手上的龌龊都混入其中，而雪白的米粉变成了灰色的时候，我再向她们要一朵豆沙来，裹成各种三不像的东西，吃下肚子里去。这一天因为我噪得特别厉害些，姑母做了两只小玲珑的包子给我吃，母亲又外加摘一团米粉给我玩。为求自由，我不在那场上吃弄，拿了到店堂里，和五哥哥一同玩弄。五哥哥者，后来我知道是我们店里的学徒，但在当时我只知道他是我儿时的最亲爱的伴侣。他的年纪比我长，智力比我高，胆量比我大，他常做出种种我所意想不到的玩意儿来，使得我惊奇。这一天我把包子和米粉拿出去同他共玩，他就寻出几个印泥菩萨的小型的红泥印子来，教我印米粉菩萨。

后来我们争执起来，他拿了他的米粉菩萨逃，我就拿了我的米粉菩萨追。追到排门旁边，我踢了一跤，额骨磕在排门槛上，磕了眼睛大小的一个洞，便晕迷不省。等到知觉的时候，我已被抱在母亲手里，外科郎中蔡德本先生，正在用布条向我的头上重重叠叠地包裹。

自从我跌伤以后，五哥哥每天乘店里空闲的时候到楼上来省问我。来时必然偷偷地从衣袖里摸出些我所爱玩的东西来——例如关在自来火匣子里的几只叩头虫，洋皮纸人头，老菱壳做成的小脚，顺治铜钿[①]磨成的小刀等——送给我玩，直到我额上结成这个疤。

讲起我额上的疤的来由，我的回想中印象最清楚的人物，莫如五哥哥。而五哥哥的种种可惊可喜的行状，与我的儿童时代的欢乐，也便跟了这回想而历历地浮出到眼前来。

他的行为的顽皮，我现在想起了还觉吃惊。但这种行为对于当时的我，有莫大的吸引力，使我时时刻刻追随他，自愿地做他的从者。他用手捉住一条大蜈蚣，摘去了它的有毒的钩爪，而藏在衣袖里，走到各处，随时拿出来吓人。我跟了他走，欣赏他的把戏。他有时偷偷地把这条蜈蚣放在别人的瓜皮帽子上，让它沿着那人的额骨爬下去，吓得那人直跳

① “顺治铜钿（tián）”，指清朝顺治年间铸造的圆形铜币。

起来。有时怀着这条蜈蚣去登坑，等候邻席的登坑者正在拉粪的时候，把蜈蚣丢在他的裤子上，使得那人扭着裤子乱跳，累了满身的粪。又有时当众人面前他偷把这条蜈蚣放在自己的额上，假装被咬的样子而号啕大哭起来，使得满座的人惊惶失措，七手八脚地为他营救。正在危急存亡的时候，他伸起手来收拾了这条蜈蚣，忽然破涕为笑，一缕烟逃走了。后来这套戏法渐渐做穿，有的人警告他说，若是再拿出蜈蚣来，要打头颈拳[①]了。于是他换出别种花头来：他躲在门口，等候警告打头颈拳的人将走出门，突然大叫一声，倒身在门槛边的地上，乱滚乱撞，哭着嚷着，说是践踏了一条臂膀粗的大蛇，但蛇是已经钻进榻底下去了。走出门来的人被他这一吓，实在魂飞魄散；但见他的受难比他更深，也无可奈何他，只怪自己的运气不好。他看见一群人蹲在岸边钓鱼，便参加进去，和蹲着的人闲谈。同时偷偷地把其中相接近的两人的辫子梢头结住了，自己就走开，躲到远处去作壁上观。被结住的两人中若有一人起身欲去，滑稽剧就演出来给他看了。诸如此类的恶戏，不胜枚举。

① “打头颈拳”，方言，意即“打耳光”。

现在回想他这种玩耍，实在近于为虐的戏谑。但当时他热心地创作，而热心地欣赏的孩子，也不止我一个。世间的严正的教育者！请稍稍原谅他的顽皮！我们的儿时，在私塾里偷偷地玩了一个折纸手工，是要遭先生用铜笔套管在额骨上猛钉几下，外加在至圣先师孔子之神位面前跪一支香的！

况且我们的五哥哥也曾用他的智力和技术来发明种种富有趣味的玩意儿，我现在想起了还可以神往。暮春的时候，他领我到田野去偷新蚕豆。把嫩的生吃了，而用老的来做“蚕豆水龙”。其做法，用煤头纸火①把老蚕豆荚熏得半熟，剪去其下端，用手一捏，荚里的两粒豆就从下端滑出，再将荚的顶端稍稍剪去一点，使成一个小孔。然后把豆荚放在水里，待它装满了水，以一手的指捏住其下端而取出来，再以另一手的指用力压榨豆荚，一条细长的水带便从豆荚的顶端的小孔内射出。制法精巧的，射水可达一二丈之远。他又教我“豆梗笛”的做法：摘取豌豆的嫩梗长约寸许，以一端塞入口中轻轻咬嚼，吹时便发嘀嘀之音；再摘取蚕豆梗的下段，长约四五寸，用指爪在梗上均匀地开几个洞，做成笛的样子；

① “煤头纸火”，即点燃煤头纸所生起的火。

然后把豌豆梗插入这笛的一端，用两手的指随意启闭各洞而吹奏起来，其音宛如无腔之短笛。他又教我用洋蜡烛的油做种种的浇造和塑造。用芋艿或番薯镌刻种种的印版，大类现今的木版画。……诸如此类的玩意儿，亦复不胜枚举。

现在我对这些儿时的乐事久已缘远了。但在说起我额上的疤的来由时，还能热烈地回忆神情活跃的五哥哥和这种兴致蓬勃的玩意儿。谁言我左额上的疤痕是缺陷？这是我的儿时欢乐的佐证，我的黄金时代的遗迹。过去的事，一切都同梦幻一般地消灭，没有痕迹留存了。只有这个疤，好像是“脊杖二十，刺配军州”时打在脸上的金印，永久地明显地记录着过去的事实，一说起就可使我历历地回忆前尘。仿佛我是在儿童世界的本贯地方犯了罪，被刺配到这成人社会的“远恶军州”来的。这无期的流刑虽然使我永无还乡之望，但凭这脸上的金印，还可回溯往昔，追寻故乡的美丽的梦啊！

▲一九三四年六月七日

两场闹°

某日我因某事独自至某地。当日赶不上归家的火车，傍晚走进其地的某旅馆投宿了。事体已经赶毕；当地并无亲友可访，无须出门；夜饭已备有六只大香蕉在提篋内，不必外求。但天色未暗，吃香蕉嫌早，我觉旅况孤寂，这一刻工夫有些难消遣了。室中陈列着崭新的铁床，华丽的镜台，清静的桌椅。但它们都板着脸孔不理睬我，好像待车室里的旅客似的各管各坐着，只有我携来的那只小提篋亲近我，似乎在对我说："我是属于你的！"

打开提篋，一册袖珍本的《绝妙好词》躺在那里等我。

° 本篇曾载于《前途》1933 年 6 月 1 日第 1 卷第 6 期，原名《两出剧》。

我把它取出，再把被头叠置枕上，当作沙发椅子靠了，且从这古式的收音器中倾听古人的播音。

忽闻窗外的街道上起了一片吵闹之声。我不由得抛却我的书，离开我的沙发，倒屣[①]往窗前探看。对门是一个菜馆，我凭在窗上望下去，正看见菜馆的门口，四辆人力车作带模样停在门口的路旁，四个人力车夫的汗湿的背脊，花形地环列在门口的阶沿石下，和站在阶沿石上的四个人的四顶草帽相对峙。中央的一个背脊伸出着一只手，努力要把手中的一支钱交还一顶草帽，反复地在那里叫：

“这一点钱怎么行？拉了这许多路！”

草帽下也伸出一只手来，跟了说话的语气而指挥：

“讲到廿板[②]一部，四部车子，给你二角[③]三十板，还有啥话头？”

他的话没有说完，对方四个背脊激动起来，参参差差地嚷着：

“兜大圈子到这里，我们多两里路啦；这一点钱哪

①“倒屣（xǐ）”，即倒穿着鞋子。“屣”，鞋子。
②“讲到”，意即“讲定，说好”；“廿板”，即二十个铜板。
③“二角”，一种二角小洋，合铜板五十枚。

里行？”

另一顶草帽下面伸出一只手来，点着人力车夫的头，谆谆地开导：

“不是我们要你多跑路！修街路你应该知道，你吃什么饭的？”

“这不来①，这不来！”

人力车夫口中讲不出理，心中着急，嚷着把盛钱的手向四顶草帽底下乱送，想在他们身上找一处突出的地方交卸了这一支不足的车钱。但四顶草帽反背着手，渐渐向门内退却，使他无法措置。我在上面代替人力车夫着急，心想草帽的边上不是颇可置物的地方吗，可惜人力车夫的手腕没有这样高。

正难下场的时候，另一个汗湿的背脊上伸出一个长头颈来，换了一种语调，帮他的同伴说话：

“先生！一角钱一部总要给我们的！这铜板换了两角钱吧！先生，几个铜板不在乎的！”

同时他从同伴的手中取出铜板来擎起在一顶草帽前面，

---

①“这不来”，意即“这不行”。

恳求他交换。这时三顶草帽已经不见，被包围的一顶草帽伸手在袋中摸索，冷笑着说：

“讨厌得来！喏，喏，每人加两板！”

他摸出铜板，四个背脊同时退开，大家不肯接受，又同声地嚷起来。那草帽乘机跨进门槛，把八个铜板放在柜角上，指着了厉声说：

“喏，要末来拿去，勿要末歇[①]，勿识相的！”

一件雪白的长衫飞上楼梯，不见了。门外四个背脊咕噜咕噜了一回，其中一个没精打采地去取了柜角上的铜板，大家懒洋洋地离开店门。咕噜咕噜的声音还是继续着。

我看完了这一场闹，离开窗栏，始觉窗内的电灯已放光了。我把我的沙发移在近电灯的一头，取出提篋里的香蕉，用《绝妙好词》佐膳而享用我的晚餐。窗子没有关，对面菜馆的楼上也有人在那里用晚餐，常有笑声和杯盘声送入我的耳中。我们隔着一条街路而各用各的晚餐。

约一小时之后，窗外又起一片吵闹之声。我心想又来什么花头了，又立刻抛却我的书，离开我的沙发，倒屣往窗前

① “勿要末歇”，意即“不要就拉倒”。

探看。这回在楼上闹。离开我一二丈之处，菜馆楼上一个精小的餐室内，闪亮的电灯底下摆着一桌杯盘狼藉的残菜。桌旁有四个男子，背向着我，正在一个青衣人面前纠纷。我从声音中认知他们就是一小时前在下面和人力车夫闹过一场的四个角色。但见一个瘦长子正在摆开步位，用一手擒住一个矮胖子的肩，一手拦阻一个穿背心的人的胸，用下腭指点门口，向青衣人连叫着：“你去，你去！”被擒的矮胖子一手摸在袋里，竭力挣扎而扑向青衣人的方面去，口中发出一片杀猪似的声音，只听见“不行，不行”。穿背心的人竭力地伸长了的手臂，想把手中的两张钞票递给青衣人，口中连叫着“这里，这里”。好像火车到时车站栅门外拿着招待券接客的旅馆招待员。

在这三人的后方，最近我处，还有一个生仁丹须[1]的人，把右手摸在衣袋中，冷静地在那里叫喊“我给他，我给他！”青衣人面向着我，他手中托着几块银洋，用笑脸看看这个，看看那个，立着不动。

穿背心的终于摆脱了瘦长子的手，上前去把钞票塞在

①“仁丹须”，指当时仁丹商标式的翘起两个尖角的胡须。

青衣人的手中，而取回银洋交还瘦长子。瘦长子一退避，放走了矮胖子。这时候青衣人已将走出门去，矮胖子厉声喝止：“哙哙，堂倌，他是客人！”便用自己袋里摸出来的钞票向他交换。穿背心的顾东失西，急忙将瘦长子按倒在椅子里，回身转来阻止矮胖子的行动。三个人扭作一堆，做出嘈杂的声音。忽然听见青衣人带笑的喊声：“票子撕破了！”大家方才住手。瘦长子从椅子里立起身。楼板上叮叮当当地响起来。原来穿背心的暗把银洋塞在他的椅子角上，他起身时用衣角把它们如数撒翻在楼板上了。于是有的捡拾银洋，有的察看破钞票。场中忽然换了一个调子。一会严肃的静默，一会造作的笑声。不久大家围着一桌残菜就座，青衣人早已悄悄地出门去了。我最初不知道他拿去的是谁的钱，但不久就在他们的声音笑貌中看出，这晚餐是矮胖子的东道。

背后有人叫唤。我旋转身来，看见茶房在问我：“先生，夜饭怎样？”我仓皇地答道：“我，我吃过了。”他看床前椅子上的一堆香蕉皮，出去了。我不待对面的剧的团圆，便关窗，就寝了。

卧后清宵，回想今晚所见的两场闹，第一场是争进八个铜板，第二场是争出几块银洋。人力车夫的咕噜咕噜的声音，和菜馆楼上的杀猪似的声音，在我的回想中对比地响着，直到我睡去。

▲ 十三年五月十二日

学会艺术地生活

原本我们初生入世的时候，最初并不提防到这世界是如此狭隘而使人窒息的。

我们虽然由儿童变成大人，然而我们这心灵是始终一贯的心灵，即依然是儿时的心灵，只不过经过许久的压抑，所有的怒放的、炽热的感情的萌芽，屡被磨折，不敢再发生罢了。这种感情的根，依旧深深地伏在做大人后的我们的心灵中。这就是“人生的苦闷”根源。

我们谁都怀着这苦闷，我们总想发泄这苦闷，以求一次人生的畅快。艺术的境地，就是我们所开辟的，来发泄这生的苦闷的乐园。我们的身体被束缚于现实，匍匐在地上。然而我们在艺术的生活中，可以暂时放下我们的一切压迫与负担，解除我们平日处世的苦心，而做真的自己的生活，认识自己的奔放的生命。我们可以瞥见“无限”的姿态，可以体验人生的崇高、不朽，而发现生的意义与价值了。艺术教育，就是教人以这艺术的生活的。知识、道德，在人世间固然必要，然倘若缺乏这种艺术的生活，纯粹的知识与道德全是枯燥的法则的网。这网愈加繁多，人生愈加狭隘。

所谓艺术地生活，就是把创作艺术、鉴赏艺术的态度来应用在人生中，即教人在日常生活中看出艺术的情味来。倘能因艺术的修养，而得到了梦见这美丽世界的眼睛，我们所见的世界，就处处美丽，我们的生活就处处滋润了。

艺术教育就是教人用像作画、看画一样的态度来对世界；换言之，就是教人学做孩子，就是培养小孩子的这点“童心”，使他们长大以后永不泯灭。童心，在大人就是一种“趣味”。培养童心，就是涵养趣味。大人与孩子，分居两个不同的世界。儿童对于人生自然，另取一种特殊的态度，即对于人生自然的“绝缘”的看法。哲学地考察起来，“绝缘”的正是世界的“真相”，即艺术的世界正是真的世界。人类最初，天生是和平的、爱的。所以小孩子天生有艺术态度的基础。世间教育儿童的人，父母、老师，切不可斥儿童的痴呆，切不可把儿童大人化，宁可保留、培养他们的一点痴呆，直到成人以后。因为这痴呆就是童心。童心，在大人就是一种“趣味”。培养童心，就是涵养趣味。小孩子的生活，全是趣味本位的生活。我所谓培养，就是做父母、做老师的人，应该乘机助长，修正他们的对于事物的看法。要处处离去因袭，不守传统，不照习惯，而培养其全新的、纯洁的“人”的心。对于世间事物，处处要教他用这个全新的纯洁的心来领受，或用这个全新的纯洁的心来批判选择而实行。

认识千古大谜的宇宙与人生的，便是这个心。得到人生的最高愉悦的，便是这个心。赤子之心。

孟子说：“大人者，不失其赤子之心者也。”所谓赤子之心，就是孩子的本来的心，这心是从世外带来的，不是经过这世间的造作后的心。明言之，就是要培养孩子的纯洁无疵、天真烂漫的真心，使成人之后，“不为物诱”，能主动地观察世间，矫正世间，不致被动地盲从这世间已成的习惯，而被世间结成的罗网所羁绊。

常人抚育孩子，到了渐渐成长，渐渐脱去其痴呆的童心而成为大人模样的时代，父母往往喜慰，实则这是最可悲哀的现状！因为这是尽行放失其赤子之心，而为现世的奴隶了。

· 第三卷 ·

木知木觉，自得其乐

手指[○]

已故日本艺术论者上田敏的艺术论中，曾经说过这样的话："五根手指中，无名指最美。初听这话不易相信，手指头有什么美丑呢？但仔细观察一下，就可看见无名指在五指中，形状最为秀美。……"大意如此，原文已不记得了。

我从前读到他这一段话时，觉得很有兴趣。这位艺术论者的感觉真锐敏，趣味真丰富！五根手指也要细细观察而加以美术的批评。但也只对他的感觉与趣味发生兴味，却未能同情于他的无名指最美说。当时我也为此伸出自己的手来仔细看了一会。不知是我的视觉生得不好，还是我的手指生得

○ 本篇曾载于1936年5月1日《宇宙风》第2卷第16期。

不好之故，始终看不出无名指的美处。注视了长久，反而觉得恶心起来：那些手指都好像某种蛇虫，而无名指尤其蜿蜒可怕。假如我的视觉与手指没有毛病，上田氏所谓最美，大概就是指这一点吧？

这回我偶然看看自己的手，想起了上田氏的话。我知道了上田氏的所谓“美”，是唯美的美。借他们的国语说，是 onnarashii（女相的）的美，不是 otokorashii（男相的）的美。在绘画上说，这是“拉费尔（拉斐尔）前派”（Pre-Raphaelites）一流的优美，不是赛尚痕［塞尚］（Cézanne）以后的健美。在美术潮流上说，这是世纪末的颓废的美，不是新时代感觉的力强的美。

但我仍是佩服上田先生的感觉的锐敏与趣味的丰富。因为他这句话指示了我对于手指的鉴赏。我们除残废者外，大家随时随地随身带着十根手指，永不离身，也可谓相亲相近了；然而难得有人鉴赏它们，批评它们。这也不能不说是一种疏忽！仔细鉴赏起来，一只手上的五根手指，实在各有不同的姿态，各具不同的性格。现在我想为它们逐一写照：

大指在五指中，是形状最难看的一人。他自惭形秽，常常退居下方，不与其他四者同列。他的身材矮而胖，他的头大而肥，他的构造简单，人家都有两个关节，他只有一个。因此他的姿态丑陋、粗俗、愚蠢而野蛮，有时看了可怕。记得我小时候，我乡有一个捉狗屎[1]的疯子，名叫顾德金的，看见了我们小孩子，便举起手来，捏一个拳，把大指矗立在上面，而向我们弯动大指的关节。这好像一支手枪正要向我们射发，又好像一件怪物正在向我们点头，我们见了最害怕，立刻逃回家中，依在母亲身旁。屡屡如此，后来母亲就利用“顾德金来了”一句话来作为阻止我们恶戏的法宝了。为有这一段故事，我现在看了大指的姿态愈觉可怕。但不论姿态，想想他的生活看，实在不可怕而可敬。他在五指中是工作最吃苦的工人。凡是享乐的生活，都由别人去做，轮不着他。例如吃香烟，总由中指、食指持烟，他只得伏在里面摸摸香烟屁股；又如拉胡琴，总由其他四指按弦，却叫他相帮扶住琴身；又如弹风琴弹洋琴（钢琴），在十八世纪以前也只用其他四指；后来德国音乐家罢哈［巴赫］（Sebastian Bach）总算提拔他，请他也来弹琴，然而

① “捉狗屎”，方言，意即“捡狗屎（做肥料）”。

按键的机会，他总比别人少。又凡是讨好的生活，也都由别人去做，轮不着他。例如招呼人，都由其他四人上前点头，他只得呆呆地站在一旁；又如搔痒，也由其他四人上前卖力，他只得退在后面。反之，凡是遇着吃力的工作，其他四人就都退避，让他上前去应付。例如水要喷出来，叫他死力抵住；血要流出来，叫他拼命捺住；重东西要翻倒去，叫他用劲扳住；要吃果物了，叫他细细剥皮；要读书了，叫他翻书页；要进门了，叫他揿电铃；天黑了，叫他开电灯；医生打针的时候还要叫他用力把药水注射到血管里去。种种苦工都归他做，他决不辞劳。其他四人除了享乐的、讨好的事用他不着外，稍微吃力一点的生活就都要他帮忙，他的地位恰好站在他们的对面，对无论哪个都肯帮忙。他人没有了他的助力，事业都不成功。在这点上看来，他又是五指中最重要、最力强的分子。位列第一，而名之曰“大”，曰“巨”，曰“拇”，诚属无愧。日本人称此指曰“亲指”（coyayubi），又用为“丈夫”的记号；英国人称“受人节制”曰“under one's thumb”，其重要与力强于此尽可想见。用人群作比，我想把大拇指比方农人。

难看、吃苦、重要、力强，都比大拇指稍差，而最常与大拇指合作的，是食指。这根手指在形式上虽与中指、无名指、小指这三个有闲阶级同列，地位看似比劳苦阶级的大拇指高得多，其实他的生活介乎两阶级之间，比大拇指舒服得有限，比其他三指吃力得多！这在他的姿态上就可看出。除了大拇指以外，他最苍老：头团团的，皮肤硬硬的，指爪厚厚的。周身的姿态远不及其他三指的窈窕，都是直直落落的强硬的曲线。有的食指两旁简直成了直线，而且从头至尾一样粗细，犹似一段香肠。因为他实在是个劳动者。他的工作虽不比大拇指的吃力，却比大拇指的复杂。拿笔的时候，全靠他推动笔杆，拇指扶着，中指衬着，写出种种复杂的字来。取物的时候，他出力最多，拇指来助，中指等难得来衬。遇到龌龊的、危险的事，都要他独个人上前去试探或冒险。秽物、毒物、烈物，他接触的机会最多；刀伤、烫伤、轧伤、咬伤，他消受的机会最多。难怪他的形骸要苍老了。他的气力虽不及大拇指那么强，然而他具有大拇指所没有的“机敏”。故各种重要工作都少他不得。指挥方向必须请他，打自动电话必须请他，扳枪机也必须请他。此外打算盘、捻螺旋、解纽扣等，虽有大拇指相助，终是要他主干的。总之，手的动作，差不多少他不来，凡事必须请他上前做主。故英人称此指为 fore finger，又称之为 index[1]，我想把食指比方工人。

五指中地位最优、相貌最堂皇的，无如中指。他住在中央，左右都有屏藩。他的身体最高，在形式上是众指中的首领人物。他的两个贴身左右，无名指与食指，大小长短均仿佛，好像关公左右的关平与周仓，一文一武，片刻不离地护卫着。他的身体夹在这两个人中间，永远不受外物冲撞，故皮肤秀嫩，颜色红润，曲线优美，处处显示着养尊处优的幸福。名义又最好听：大家称他为“中”，日本人更敬重他，又尊称之为“高高指”（takatakayubi）。但讲到能力，他其实是徒有其形，徒美其名，徒尸其位，而很少用处的人。每逢做事，名义上他总是参加的，实际上他总不出力。譬如攫取一物，他因为身体最长，往往最先碰到物，好像取得这物是他一人的功劳。其实，他一碰到之后就退在一旁，让大拇指和食指这两个人去出力搬运，他只在旁略为扶衬而已。又如推却一物，他因为身体最长，往往与物最先接触，好像推却这物是他一人的功劳。其实，他一接触之后就退在一旁，让大拇指和食指这两个人去出力推开，他只在旁略为助势而已。

①“index”，即“index finger”，意为“食指”。

《左传》“阖庐伤将指”句下注云：“将指，足大指也。言其将领诸指。足之用力大指居多。手之取物中指为长。故足以大指为将，手以中指为将。”可见中指在众手指中，好比兵士中的一个将官，令兵士们上前杀战，而自己退在后面。名义上他也参加战争，实际他不必出力。我想把中指比方官吏。

无名指和小指，真的两个宝贝！姿态的优美无过于他们。前者的优美是女性的，后者的优美是儿童的。他们的皮肤都很白嫩，体态都很秀丽，样子都很可爱。然而，能力的薄弱也无过于他们了。无名指本身的用处，只有研脂粉、蘸药末、戴指戒。日本人称他为“红差指”（benisashiyubi），是说研磨胭脂用的指头。又称他为“药指”（kusuriyubi），就是说有时靠他研研药末，或者蘸些药末来敷在患处。英国人称他为ring finger。就是为他爱戴指戒的缘故。至于小指的本身的用处，更加藐小，只是搵搵耳朵，扒扒鼻涕而已。他们也有被重用的时候：在丝竹管弦上，他们的能力不让于别人。当一个戴金刚钻指戒的女人要在交际社会中显示她的美丽与富有的时候，常用“兰花手指”撮了香烟或酒杯来敬呈她所爱慕的人，这两根手指正是这朵“兰花”中最优美的两瓣。除了这等享乐的光荣的事以外，遇到工作，他们只是其他三指的无力的附庸。我想把无名指比方纨绔儿，把小指比方弱者。

故我不能同情于上田氏的无名指最美说，认为他的所谓美是唯美，是优美，是颓废的美。同时我也无心别唱一说，在五指中另定一根最美的手指。我只觉五指的姿态与性格，有如上之差异，却并无爱憎于其间。我觉得手指的全体，同人群的全体一样。五根手指倘能一致团结，成为一个拳头以抵抗外侮，那就根根有效用，根根有力量，不复有善恶强弱之分了。

▲ 廿五年三月卅一日作，曾载《宇宙风》

静观人生[○]

一

我似乎看见，人的心都有包皮。这包皮的质料与重数，依各人而不同。有的人的心似乎是用单层的纱布包的，略略遮蔽一点，然真而赤的心的玲珑的姿态，隐约可见。有的人的心用纸包，骤见虽看不到，细细摸起来也可以摸得出。且有时纸要破，露出绯红的一点来。有的人的心用铁皮包，甚至用到八重九重。那是无论如何摸不出，不会破，而真的心的姿态无论如何不会显露了。

我家的三岁的瞻瞻的心，连一层纱布都不包，我看见常

● 本篇选自丰子恺随笔集《随笔二十篇》，天马书店 1934 年 8 月初版。

是赤裸裸而鲜红的。

二

人们谈话的时候，往往言来语去，顾虑周至，防卫严密，用意深刻，同下棋一样。我觉得太紧张，太可怕了，只得默默不语。

安得几个朋友，不用下棋法来谈话，而各舒展其心灵相示，像开在太阳光中的花一样。

三

花台里生出三枝扁豆秧来。我把它们移种到一块空地上，并且用竹竿搭一个棚，以扶植它们。每天清晨为它们整理枝叶，看它们欣欣向荣，自然发生一种兴味。

那蔓好像一个触手，具有可惊的攀缘力。但究竟因为不生眼睛，只管盲目地向上发展，有时会钻进竹竿的裂缝里，回不出来，看了令人发笑。有时一根长条独自脱离了棚，颤袅地向空中伸展，好像一个摸不着壁的盲子，看了又很可怜。

这等时候便需我去扶助。扶助了一个月之后，满棚枝叶婆娑，棚下已堪纳凉闲话了。

有一天清晨，我发现豆棚上忽然有了大批的枯叶和许多软垂的蔓，惊奇得很。仔细检查，原来近地面处一枝总干，被不知什么东西伤害了。未曾全断，但不绝如缕。根上的养分通不上去，凡属这总干的枝叶就全部枯萎，眼见得这一族快灭亡了。

这状态非常凄惨，使我联想起世间种种的不幸。

四

十余年前有一个时期流行用紫色的水写字。买三五个铜板洋青莲，可泡一大瓶紫水，随时注入墨匣，有好久可用。我也用过一会，觉得这固然比磨墨简便。但我用了不久就不用，我嫌它颜色不好，看久了令人厌倦。

后来大家渐渐不用，不久此风便息。用不厌的，毕竟只有黑和蓝两色。东洋人写字用黑。黑由红黄蓝三原色等量混合而成，三原色具足时，使人起安定圆满之感。因为世间一切色彩皆由三原色产生，故黑色中包含着世间一切色彩了。

西洋人写字用蓝。蓝色在三原色中为寒色，少刺激而沉静，最可亲近，故用以写字，使人看了也不会厌倦。

紫色为红蓝两色合成。三原色既不具足，而性又刺激，宜其不堪常用。但这正是提倡白话文的初期，紫色是一种蓬勃的象征，并非偶然的。

五

有一回我画一个人牵两只羊，画了两根绳子。有一位先生教我："绳子只要画一根。牵了一只羊，后面的都会跟来。"我恍悟自己阅历太少。后来留心观察，看见果然：前头牵了一只羊走，后面数十只羊都会跟去。无论走向屠场，没有一只羊肯离群众而另觅生路的。

后来看见鸭也如此。赶鸭的人把数百只鸭放在河里，不须用绳子系住，群鸭自能互相追随，聚在一块。上岸的时候，赶鸭的人只要赶上一二只，其余的都会跟了上岸。无论在四通八达的港口，没有一只鸭肯离群众而走自己的路的。

牧羊的和赶鸭的就利用它们这模仿性，以完成他们自己的事业。

六

一位开羊行的朋友为我谈羊的话。据说他们行里有一只不杀的老羊，为它颇有功劳：他们在乡下收罗了一群羊，要装进船里，运往上海去屠杀的时候，群羊往往不肯走上船去。他们便牵这老羊出来。老羊向群羊叫了几声，奋勇地走到河岸上，蹲身一跳，首先跳入船中。群羊看见老羊上船了，便大家模仿起来，争先恐后地跳进船里去。等到一群羊全部上船之后，他们便把老羊牵上岸来，仍旧送回棚里。每次装羊，必须央这老羊引导。老羊因有这点功劳，得保全自己的性命。

我想，这不杀的老羊，原来是该死的“羊奸”。

大账簿

我幼年时候，有一次坐了船到乡间去扫墓。正靠在船窗口出神地观看船脚边的层出不穷的波浪，手中所持的不倒翁失足翻落河中。我眼看它跃入波浪中，向船尾方面滚腾而去，一刹那间形影俱杳，全部交付与不可知的渺茫的世界了。我看看自己的空手，又看看窗下的层出不穷的波浪，不倒翁失足的伤心地，再向船后面的茫茫的白水怅望了一会，心中黯然地起了疑惑与悲哀。我疑惑不倒翁此去的下落与结果究竟如何，又悲哀这永远不可知的命运。它也许随了波浪流去，搁住在岸滩上，落入于某村童的手中；也许被渔网打去，从

● 本篇曾载于 1929 年 5 月 10 日《小说月报》第 20 卷第 5 号。

此做了渔船上的不倒翁；又或永远沉沦在幽暗的河底，岁久化为泥土，世间从此不再见这个不倒翁。我晓得这不倒翁现在一定有个下落，将来也一定有个结果，然而谁能去调查呢？谁能知道这不可知的命运呢？这种疑惑与悲哀隐约地在我心头推移。终于我想：父亲或者知道这究竟，能解除我这种疑惑与悲哀。不然，将来我年纪长大起来，总有一天能知道这究竟，能解除这疑惑与悲哀。

后来我的年纪果然长大起来。然而这种疑惑与悲哀，非但依旧不能解除，反而随了年纪的长大而增多增深了。我偕了小学校里的同学赴郊外散步，偶然折取一根树枝，当stick（手杖）用了一会，后来抛弃在田间的时候，总要对它回顾好几次，心中自问自答："我不知几时得再见它？它此后的结果不知究竟如何？我永远不得再见它了！它的后事永远不可知了！"倘是独自散步，遇到这种事的时候我更要依依不舍地流连一会。有时已经走了几步，又回转身去，把所抛弃的东西重新拾起来，郑重地道个诀别，然后硬着头皮抛弃它，再向前走。过后我也曾自笑这痴态，而且明明晓得这些是人生中惜不胜惜的琐事，然而那种悲哀与疑惑确实地充塞在我的心头，使我不得不然！

在热闹的地方，忙碌的时候，我这种疑惑与悲哀也会被压抑在心的底层，而安然地支配取舍各种事物，不复作如前的痴态。间或在动作中偶然浮起一点疑惑与悲哀来，然而大众的感化与现实的压迫的力非常伟大，立刻把它压制下去，它只在我的心头一闪而已。一到静僻的地方，孤独的时候，最是夜间，它们又全部浮出在我的心头了。灯下，我推开算术演草簿，提起笔来在一张纸上信手涂写日间所谙诵的诗句："春蚕到死丝方尽，蜡炬成灰……"没有写完，就拿向灯火上，烧着了纸的一角。我眼看见火势孜孜地蔓延过来，心中又忙着和个个字道别。完全变成了灰烬之后，我眼前忽然分明现出那张字纸的完全的原形；俯视地上的灰烬，又感到了暗淡的悲哀：假定现在我要再见一见一分钟以前分明存在的那张字纸的实物，无论托绅董、县官、省长、大总统，仗世界一切皇帝的势力，或尧舜、孔子、苏格拉底、基督等一切古代圣哲复生，大家协力给我设法，也是绝对不可能的事了！——但这种奢望我决计没有。我只是看看那堆灰烬，想在没有区别的微尘中认识各个字的死骸，找出哪一点是"春"字的灰，哪一点是"蚕"字的灰……又想象它明天朝晨被此地的仆人扫除出去，不知结果如何：倘然散入风中，不知它将分飞何处？“春”字的灰飞入谁家，“蚕”字的灰飞入谁家？……倘然混入泥土中，不知它将滋养哪几株植物？……都是渺茫不可知的千古的大疑问了。

吃饭的时候，一颗饭粒从碗中翻落在我的衣襟上。我顾视这颗饭粒，不想则已，一想又惹起一大篇的疑惑与悲哀来：不知哪一天哪一个农夫在哪一处田里种下一批稻，就中有一株稻穗上结着煮成这颗饭粒的谷。这粒谷又不知经过了谁的刈，谁的磨，谁的舂，谁的粜，而到了我们的家里，现在煮成饭粒，而落在我的衣襟上。这种疑问都可以有确实的答案，然而除了这颗饭粒自己晓得以外，世间没有一个人能调查，回答。

袋里摸出来一把铜板，分明个个有复杂而悠长的历史。钞票与银洋经过人手，有时还被打一个印，但铜板的经历完全没有痕迹可寻了。它们之中，有的曾为街头的乞丐的哀愿的目的物，有的曾为劳动者的血汗的代价，有的曾经换得一碗粥，救济一个饿夫的饥肠，有的曾经变成一粒糖，塞住一个小孩的啼哭，有的曾经参与在盗贼的赃物中，有的曾经安眠在富翁的大腹边，有的曾经安闲地隐居在茅厕的底里，有的曾经忙碌地兼备上述的一切的经历。且就中又有的恐怕不是初次到我的袋中，也未可知。倘然这些铜板会说话，我一定要尊它们为上客，恭听它们历述其漫游的故事。倘然它们会记录，一定每个铜板可著一册比《鲁滨孙漂流记》更离奇的奇书。但它们都像死也不肯招供的犯人，其心中分明秘藏着案件的是非曲直的实情，然而死也不肯泄露它们的秘密。

现在我已行年三十，做了半世以上的人。那种疑惑与悲哀在我胸中，分量日渐增多，但刺激日渐淡薄，远不及少年时代以前的新鲜而浓烈了。这是我用功的结果。因为我参考大众的态度，看他们似乎全然不想起这类的事，饭吃在肚里，钱进入袋里，就天下太平，梦也不做一个。这在生活上的确大有实益，我就拼命以大众为师，学习他们的幸福。学到现在三十岁，还没有毕业。所学得的，只是那种疑惑与悲哀的刺激淡薄了一点，然其分量仍是跟了我的经历而日渐增多。我每逢辞去一个旅馆，无论其房间何等坏，臭虫何等多，临去的时候总要低回一下子，想起“我有否再住这房间的一日？”，又慨叹“这是永远的诀别了！”每逢下火车，无论这旅行何等劳苦，邻座的人何等可厌，临走的时候总要发生一种特殊的感想：“我有否再和这人同座的一日？恐怕是对他永诀了！”但这等感想的出现非常短促而又模糊，像飞鸟的黑影在池上掠过一般，真不过数秒间在我心头一闪，过后就全无其事。我究竟已有了学习的功夫了。然而这也全靠在老师——大众——面前，方始可能。一旦不见了老师，而离群索居的时候，我的故态依然复萌。现在正是其时：春风从窗中送进一片白桃花的花瓣来，落在我的原稿纸上。这分明是从我家的院子里的白桃花树上吹下来的，然而有谁知道它本来生在哪一枝头的哪一朵花上呢？窗前地上白雪一般的无数的花瓣，分明各有其故枝与故萼，谁能一一调查其出处，使它们重归其故萼呢？疑惑与悲哀又来袭击我的心了。

总之，我从幼时直到现在，那种疑惑与悲哀不绝地袭击我的心，始终不能解除。我的年纪越大，知识越富，它的袭击的力也越大。大众的榜样的压迫越严，它的反动也越强。倘一一记述我三十年来所经验的此种疑惑与悲哀的事例，其卷帙一定可同《四库全书》《大藏经》争多。然而也只限于我一个人在三十年的短时间中的经验。较之宇宙之大，世界之广，物类之繁，事变之多，我所经验的真不啻恒河中的一粒细沙。

我仿佛看见一册极大的大账簿，簿中详细记载着宇宙间世界上一切物类事变的过去、现在、未来三世的因因果果。

自原子之细以至天体之巨，自微生虫的行动以至混沌的大劫，无不详细记载其来由、经过与结果，没有万一的遗漏。于是我从来的疑惑与悲哀，都可解除了。不倒翁的下落，stick的结果，灰烬的去处，一一都有记录；饭粒与铜板的来历，一一都可查究；旅馆与火车对我的因缘，早已注定在项下；片片白桃花瓣的故蕚，都确凿可考。连我所屡次叹为永不可知的，院子里的沙堆的沙粒的数目，也确实地记载着，下面又注明哪几粒沙是我昨天曾经用手掬起来看过的。倘要从沙堆中选出我昨天曾经掬起来看过的沙，也不难按这账簿而探索。——凡我在三十年中所见、所闻、所为的一切事物，都有极详细的记载与考证；其所占的地位只有page（书页）的一角，全书的无穷大分之一。

我确信宇宙间一定有这册大账簿，于是我的疑惑与悲哀全都解除了。

▲ 一九二九年清明过了写于石湾

野外理发处[1]

我的船所泊的岸上，小杂货店旁边的草地上，停着一副剃头担。我躺在船榻上休息的时候，恰好从船窗中望见这副剃头担的全部。起初剃头司务独自坐在凳上吸烟，后来把凳让给另一个人坐了，就剃这个人的头。我手倦抛书，而昼梦不来。凝神纵目，眼前的船窗便化为画框，框中显出一幅现实的画图来。这图中的人物位置时在变动，有时会变出极好的构图来，疏密匀称，姿势集中，宛如一幅写实派西洋画。有时微嫌左右两旁空地太多太少，我便自己变更枕头的放处，以适应他们的变动，而求船窗中的妥帖的构图。但妥帖的构图不可常得，剃

---

[1] 本篇曾载于 1934 年 7 月 15 日《申报月刊》第 3 卷第 7 号。

头司务忽左忽右忽前忽后，行动变化不测，我的枕头儿刚刚放定，他们的位置已经移变了。唯有那个被剃头的人，身披白布，当模特儿一般地静坐着，大类画中的人物。

平日观看剃头，以为被剃者为主人，剃者为附从。故被剃者出钱雇用剃头司务，而剃头司务受命做工；被剃者端坐中央，而剃头司务盘旋奔走。但绘画地观看，适得其反：剃头司务为画中主人，而被剃者为附从。因为在姿势上，剃头司务提起精神做工，好像雕刻家正在制作，又好像屠户正在杀猪。而被剃者不管是谁，都垂头丧气地坐着，忍气吞声地让他弄，好像病人正在求医，罪人正在受刑。听说今春杭州举行金刚法会时，班禅喇嘛叫某剃头司务来剃一个头，送他十块钱，剃头司务叩头道谢。若果有其事，这剃头司务剃“活佛”之头，受十元之赏，而以大礼答谢，可谓荣幸而恭敬了。但我想当他工作的时候，“活佛”也是默默地把头交付他，任他支配的。假如有人照一张“喇嘛剃头摄影”，挂起来当作画看，画中的主人必是剃头司务，而喇嘛为剃头司务的附从。纯粹用感觉来看，剃头这景象中，似觉只有剃头司务一个人，被剃的人暂时变成了一件东西。因为他无声无息，呆若木鸡；全身用白布包裹，只留出毛毛草草的一个头，而这头又被操纵在剃头司务之手，全无自主之权。请外科郎中开刀的人要叫“啊唷哇”，受刑罚的人要喊“青天大老爷”，独有被剃头的人一声不响，绝对服从地把头让给别人弄。因为我在船窗中眺望岸上剃头的景象，在感觉上但见一个人的活动，而不觉得其为两个人的勾当。我为这被剃者怀抱同情：那剃头司务不管耳目口鼻，处处给他抹上水，涂上肥皂，弄得他淋漓满头；拨他的下巴，他只得仰起头来；拉他的耳朵，他只得旋转头去。这种身体的不自由之苦，在照相馆的镜头前面只吃数秒钟，犹可忍也，但在剃头司务手下要吃个把钟头的苦，实在是人情所难堪的！我们岸上这位被剃头者，忍耐力格外地强：他的身体常常为了适应剃头司务的工作而转侧倾斜，甚至身体的重心越出他所坐的凳子之外，还是勉力支撑。我躺在船里观望，代他感觉非常地吃力。人在被剃头的时候，暂时失却了人生的自由，而做了被人玩弄的傀儡。

我想把船窗中这幅图画移到纸上。起身取出速写簿，拿了铅笔等候着。等到妥帖的位置出现，便写了一幅，放在船中的小桌子上，自己批评且修改。这被剃头者全身蒙着白布，肢体不分，好似一个雪菩萨。幸而白布下端的左边露出凳子的脚，调剂了这一大块空白的寂寥。又全靠这凳脚与右边的剃头担子相对照，稳固了全图面的基础。凳脚原来只露一只，为了它在图中具有上述的两大效用，我擅把两脚都画出了。我又在凳脚的旁边，白布的下端，擅自添上一朵墨，当作被剃头者的黑裤的露出部分。我以为有了这一朵墨，白布愈加显见其白，剃头司务的鞋子的黑在画的下端不致孤独，而为全图的主眼的一大块黑色——剃头司务的背心——亦得分布其同类色于画的下端左角，可以增进全图面的统调。为求这黑色的统调，我的签字须写得特别粗大些。

船主人于我下船时，给十个铜板与小杂货店，向他们屋后的地上采了一篮豌豆来，现在已经煮熟，送进一盘来给我吃。看见我正在热心地弄画，便放了盘子来看。“啊，画了一副剃头担！”他说：“像在那里挖耳朵呢。小杂货店后面的街上有许多花头：捉牙虫的、测字的、旋糖的，还有打拳头卖膏药的……我刚才去采豆时从篱笆间望见，花头很多，明天去画！”我未及回答，在我背后的小洞门中探头出来看画的船主妇接着说：“先生，我们明天开到南浔去，那里有许多花园，去描花园景致！”她这话使我想起船舱里挂着的一张照相：那照相里所摄取的，是一株盘曲离奇的大树，树下的栏杆上靠着一个姿态娴雅而装束楚楚的女子，好像一位贵妇人，但从脸孔上可以辨认她是我们的船主妇。大概这就是她所爱好的花园景致，所以她把自己盛妆了加入在里头，拍这一张照来挂在船舱里的。我决不怪她僭越，却同情于她的一片苦心。这照片仿佛表示：她在物质生活上不幸而做了船娘，但在精神生活上十足地是一位贵妇人。世间颇有以为凡画必须优美华丽的人，以为只有风、花、雪、月、朱栏、长廊、美人、名士是画的题材的人。我们这船主妇可说是这种人的代表。我吃着豌豆和这船家夫妇俩谈了些闲话，他们就回船艄去做夜饭。

天色渐渐向晚，岸上剃头担已经挑去，只剩一片草地。我独坐船舱中等夜饭吃，乘闲考虑画的题目。这是最廉价的理发处，剃一个头只要十五个铜板。这恐怕是我国所独有的理发处。外国人见了或许要羡慕："中国人如何高雅而自然，不但幽人隐士爱好山水，连一般人的理发也欢喜在天光之下、蝴蝶飞舞的青草地上。"刚才船主告诉我："近来这种剃头担在乡间生意很好，本来出一角小洋上剃头店的人，现在都出十五个铜板坐剃头担了。"外国人看了这情形，以为中国人近来愈加高雅而自然了，我就美其名曰"野外理发处"吧。

▲ 廿三年六月十日作

闲居[1]

闲居，在生活上人都说是不幸的，但在情趣上我觉得是最快适的了。假如国民政府新定一条法律："闲居必须整天禁锢在自己的房间里"，我也不愿出去干事，宁可闲居而被禁锢。

在房间里很可以自由取乐，如果把房间当作一幅画看的时候，其布置就如画的"置陈"了。譬如书房，主人的座位为全局的主眼，犹之一幅画中的 middle point（中心点），须居全幅中最重要的地位。其他自书架、几、椅、藤床、火炉、壁饰、自鸣钟，以至痰盂、纸簏等，各以主眼为中心而布置，使全局的焦点集中于主人的座位，犹之画中的附属物、背景，

---

[1] 本篇曾载于 1927 年 7 月 10 日《小说月报》第 18 卷第 7 号。

均须有护卫主物、显衬主物的作用。这样妥帖之后，人在里面，精神自然安定、集中而快适。这是谁都懂得，谁都可以自由取乐的事。虽然有的人不讲究自己的房间的布置，然走进一间布置很妥帖的房间，一定谁也觉得快适。这可见人都会鉴赏，鉴赏就是被动的创作，故可说这是谁也懂得，谁也可以自由取乐的事。

我在贫乏而粗末[①]的自己的书房里，常常欢喜做这个玩意儿。把几件粗陋的家具搬来搬去，一月中总要搬数回。搬到痰盂不能移动一寸，脸盆架子不能旋转一度的时候，便有很妥帖的位置出现了。那时候我自己坐在主眼的座上，环视上下四周，君临一切，觉得一切都朝宗于我，一切都为我尽其职司，如百官之朝天，众星之拱北辰。就是墙上一只很小的钉，望去也似乎居相当的位置，对全体为有机的一员，对我尽专任的职司。我统御这个天下，想象南面王的气概，得到几天的快适。

有一次我闲居在自己的房间里，曾经对自鸣钟寻了一回开心。自鸣钟这个东西，在都会里差不多可说是无处不有、无人不备的了。然而它这张脸皮，我看惯了真讨厌得很。罗

①“粗末”，意即“粗陋、不精致”。

马字的还算好看，我房间里的一只，又是粗大的数学码子的。数学的九个字，我见了最头痛，谁愿意每天做数学呢！

有一天，大概是闲日月中的闲日，我就从墙壁上请它下来，拿油画颜料把它的脸皮涂成天蓝色，在上面画几根绿的杨柳枝，又用硬的黑纸剪成两只飞燕，用糨糊粘住在两只针的尖头上。这样一来，就变成了两只燕子飞逐在杨柳中间的一幅圆额的油画了。凡在三点二十几分、八点三十几分等时候，画的构图就非常妥帖，因为两只飞燕适在全幅中稍偏的位置，而且追随在一块，画面就保住均衡了。辨识时间，没有数目字也是很容易的：针向上垂直为十二时，向下垂直为六时，向左水平为九时，向右水平为三时。这就是把圆周分为四个 quarter（一刻钟），是肉眼也很容易办到的事。一个 quarter 里面平分为三格，就得长针五分钟的距离了，虽不十分容易正确，然相差至多不过一两分钟，只要不是天文台、电报局或火车站里，人家家里上下一两分钟本来是不要紧的。倘眼睛锐利一点，看惯之后，其实半分钟也是可以分明辨出的。这自鸣钟现在还挂在我的房间里，虽然惯用之后不甚新颖了，然终不觉得讨厌，因为它在壁上不是显明的实用的一只自鸣钟，而可以冒充一幅油画。

除了空间以外，闲居的时候我又欢喜把一天的生活的情调来比方音乐。如果把一天的生活当作一个乐曲，其经过就像乐章（movement）的移行了。一天的早晨，晴雨如何？冷暖如何？人事的情形如何？犹之第一乐章的开始，先已奏出全曲的根柢的“主题”（theme）。一天的生活，例如事务的纷忙，意外的发生，祸福的临门，犹如曲中的长音阶（大音阶）变为短音阶（小音阶）的，C调变为F调，adagio（柔板）变为allegro（快板）。其或昼永人闲，平安无事，那就像始终C调的andante（行板）的长大的乐章了。

以气候而论，春日是孟檀尔伸［门德尔松］（Mendelssohn），夏日是斐德芬［贝多芬］（Beethoven），秋日是晓邦［肖邦］（Chopin）、修芒［舒曼］（Schumann），冬日是修斐尔德［舒伯特］（Schubert）。这也是谁也可以感到、谁也可以懂得的事。试看无论什么机关里、团体里，做无论什么事务的人，在阴雨的天气，办事一定不及在晴天的起劲、高兴、积极。如果有不论天气，天天照常办事的人，这一定不是人，是一架机器。只要看挑到我们后门头来卖臭豆腐干的江北人，近来秋雨连日，他的叫声自然懒洋洋地低钝起来，远不如一月以前的炎阳下的“臭豆腐干！”的热辣了。

吃瓜子[○]

从前听人说，中国人人人具有三种博士的资格：拿筷子博士、吹煤头纸博士、吃瓜子博士。

拿筷子、吹煤头纸、吃瓜子，的确是中国人独得的技术。其纯熟深造，想起了可以使人吃惊。这里精通拿筷子法的人，有了一双筷，可抵刀锯叉瓢一切器具之用，爬罗剔抉，无所不精。这两根毛竹仿佛是身体上的一部分，手指的延长，或者一对取食的触手。用时好像变戏法者的一种演技，熟能生巧，巧极通神。不必说西洋了，就是我们自己看了，也可惊叹。至于精通吹煤头纸法的人，首推几位一天到晚捧水烟筒

● 本篇曾载于 1934 年 5 月 16 日《论语》第 41 期。

的老先生和老太太。他们的“要有火”比上帝还容易，只消向煤头纸上轻轻一吹，火便来了。他们不必出数元乃至数十元的代价去买打火镫，只要有一张纸，便可临时在膝上卷起煤头纸来，向铜火炉盖的小孔内一插，拔出来一吹，火便来了。我小时候看见我们染坊店里的管账先生，有种种吹煤头纸的特技：我把煤头纸高举在他的额旁边了，他会把下唇伸出来，使风向上吹；我把煤头纸放在他的胸前了，他会把上唇伸出来，使风向下吹；我把煤头纸放在他的耳旁了，他会把嘴歪转来，使风向左右吹；我用手包住了他的嘴，他会用鼻孔吹，都是吹一两下就着火的。中国人对于吹煤头纸技术造诣之深，于此可以窥见。所可惜者，自从卷烟和火柴输入中国而盛行之后，水烟这种“国烟”竟被冷落，吹煤头纸这种“国技”也很不发达了。生长在都会里的小孩子，有的竟不会吹，或者连煤头纸这东西也不曾见过。在努力保存国粹的人看来，这也是一种可虑的现象。近来国内有不少的人努力于国粹保存。国医、国药、国术、国乐，都有人在那里提倡。也许水烟和煤头纸这种国粹，将来也有人起来提倡，使之复兴。

但我以为这三种技术中最进步最发达的，要算吃瓜子。

近来“瓜子大王”的畅销，便是其老大的证据。据关心此事的人说，“瓜子大王”一类的装纸袋的瓜子，最近市上流行的有许多牌子。最初是某大药房“用科学方法”创制的，后来有什么“好吃来公司”“顶好吃公司”等种种出品陆续产出。到现在，差不多无论哪个穷乡僻处的糖食摊上，都有纸袋装的瓜子陈列而倾销着了。现代中国人的精通吃瓜子术，由此可以想见。我对于此道，一向非常短拙，说出来有伤于中国人的体面，但对自家人不妨谈谈。我从来不曾自动地要求或买瓜子来吃。但到人家做客，受人劝诱时，或者在酒席上、杭州的茶楼上，看见桌上现成放着瓜子盆时，也便拿起来咬。我必须注意选择，选那较大、较厚，而形状平整的瓜子，放进口里，用臼齿“咯”地一咬，再吐出来，用手指去剥。幸而咬得恰好，两瓣瓜子壳各向外方扩张而破裂，瓜仁没有咬碎，剥起来就较为省力。若用力不得其法，两瓣瓜子壳和瓜仁叠在一起而折断了，吐出来的时候我便担忧。那瓜子已纵断为两半，两半瓣的瓜仁紧紧地装塞在两半瓣的瓜子壳中，好像日本版的洋装书，套在很紧的厚纸函中，不容易取它出来。这种洋装书的取出法，现在都已从日本人那里学得：不要把指头塞进厚纸函中去力挖，只要使函口向下，两手扶着函，上下振动数次，洋装书自会脱壳而出。然而半瓣瓜子的形状太小了，不能应用这个方法，我只得用指爪细细地剥取。有时因为练习弹琴，两手的指爪都剪平，和尚头一般的手指对它简直没有办法。我只得乘人不见把它抛弃了。在痛感困难的时候，我本拟不再吃瓜子了。但抛弃了之后，觉得口中有一种非甜非咸的香味，会引逗我再吃。我便不由得伸起手来，另选一粒，再送交臼齿去咬。不幸而这粒瓜子太燥，我的用力又太猛，“咯”地一响，玉石不分，咬成了无数的碎块，事体就更糟了。我只得把粘着唾液的碎块尽行吐出在手心里，用心挑选，剔去壳的碎块，然后用舌尖舐食瓜仁的碎块。然而这挑选颇不容易，因为壳的碎块的一面也是白色的，与瓜仁无异，我误认为全是瓜仁而舐进口中去嚼，其味虽非嚼蜡而等于嚼沙。壳的碎片紧紧地嵌进牙齿缝里，找不到牙签就无法取出。碰到这种钉子的时候，我就下个决心，从此戒绝瓜子。戒绝之法，大抵是喝一口茶来漱一漱口，点起一支香烟，或者把瓜子盆推开些，把身体换个方向坐了，以示不再对它发生关系。然而过了几分钟，与别人谈了几句话，不知不觉之间，会跟了别人而伸手向盆中摸瓜子来咬。等到自己觉察破戒的时候，往往是已经咬过好几粒了。这样，吃了非戒不可，戒了非吃不可；吃而复戒，戒而复吃，我为它受尽苦痛。这使我现在想起了瓜子觉得害怕。

但我看别人，精通此技的很多。我以为中国人的三种博士才能中，咬瓜子的才能最可叹佩。常见闲散的少爷们，一手指间夹着一支香烟，一手握着一把瓜子，且吸且咬，且咬且吃，且吃且谈，且谈且笑。从容自由，真是“交关写意”①！他们不须拣选瓜子，也不须用手指去剥。一粒瓜子塞进了口里，只消“咯”地一咬，“呸”地一吐，早已把所有的壳吐出，而在那里嚼食瓜子的肉了。那嘴巴真像一具精巧灵敏的机器，不绝地塞进瓜子去，不绝地“咯”“呸”“咯”“呸”……全不费力，可以永无罢休。女人们、小姐们的咬瓜子，态度尤加来得美妙：她们用兰花似的手指摘住瓜子的圆端，把瓜子垂直地塞在门牙中间，而用门牙去咬它的尖端。“的，的”两响，两瓣壳的尖头便向左右绽裂。然后那手敏捷地转个方向，同时头也帮着了微微地一侧，使瓜子水平地放在门牙口，用上下两门牙把两瓣壳分别拨开，咬住了瓜子肉的尖端而抽它出来吃。这吃法不但“的，

①“交关写意”，意即“舒服，称心”。

的”的声音清脆可听，那手和头的转侧的姿势窈窕得很，有些妩媚动人。连丢去的瓜子壳也模样姣好，有如朵朵的兰花。由此看来，咬瓜子是中国少爷们的专长，而尤其是中国小姐太太们的拿手戏。

在酒席上、茶楼上，我看见过无数咬瓜子的圣手。近来“瓜子大王”畅销，我国的小孩子们也都学会了咬瓜子的绝技。我的技术，在国内不如小孩子们远甚，只能在外国人面前占胜。记得从前我在赴横滨的轮船中，与一个日本人同舱。偶检行箧，发现亲友所赠的一罐瓜子。旅途寂寥，我就打开来和日本人共吃。这是他平生没有吃过的东西，看他非常珍奇。在这时候，我便老实不客气地装出内行的模样，把吃法教导他，并且示范地吃给他看。托祖国的福，这示范没有失败。但看那日本人的练习，真是可怜得很！他如法将瓜子塞进口中，“咯”地一咬，然而咬时不得其法，将唾液把瓜子的外壳全部浸湿，拿在手里剥的时候，滑来滑去，无从下手，终于滑落在地上，无处寻找了。他空咽一口唾液，再选一粒来咬。这回他剥时非常小心，把咬碎了的瓜子陈列在舱中的食桌上，俯伏了头，细细地剥，好像修理钟表的样子。约莫一二分钟之后，好容易剥得了些瓜仁的碎片，郑重地塞进口里去吃。我问他滋味如何，他点点头连称“Umai，umai！”（好吃，好吃！）我不禁笑了出来。我看他那阔大的嘴里放进一些瓜仁的碎屑，犹如沧海中投以一粟，亏他辨出umai的滋味来。但我的笑不仅为这点滑稽，半由于骄矜自夸的心理。我想，这毕竟是中国人独得的技术，像我这样对于此道最拙劣的人，也能在外国人面前占胜，何况国内无数精通此道的少爷小姐们呢？

发明吃瓜子的人，真是一个了不起的天才！这是一种最有效的“消闲”法。要“消磨岁月”，除了抽鸦片以外，没有比吃瓜子更好的方法了。其所以最有效者，为了它具备三个条件：一、吃不厌；二、吃不饱；三、要剥壳。

俗语形容瓜子吃不厌，叫作“勿完勿歇”。为了它有一种非甜非咸的香味，能引逗人不断地要吃。想再吃一粒不吃了，但是嚼完吞落之后，口中余香不绝，不由你不再伸手向盆中或纸包里去摸。我们吃东西，凡一味甜的，或一味咸的，往往易于吃厌。只有非甜非咸的，可以久吃不厌。瓜子的百吃不厌，便是为此。有一位老于应酬的朋友告诉我一段吃瓜子的趣话：他说他已养成了见瓜子就要吃的习惯。有一次同了朋友到戏馆里看戏，坐定之后，看见茶壶的旁边放着一包打开的瓜子，便随手向包里掬取一把，一面咬着，一面看戏。咬完了再取，取了再咬。如是数次，发现邻席的不相识的观剧者也来掬取，方才想起了这包瓜子的所有权的事。低声问他的朋友：“这包瓜子是你买来的吗？”那朋友说“不”，他才知道刚才是擅吃了人家的东西，便向邻座的人道歉。邻座的人很漂亮，付之一笑，索性正式地把瓜子请客了。由此可知瓜子这样东西，对中国人有非常的吸引力。不管三七廿一，见了瓜子就吃。

俗语形容瓜子的吃不饱，叫作“吃三日三夜，长个屎尖头”。因为这东西分量微小，无论如何吃不饱，连吃三日三夜，也不过多排泄一粒屎尖头。为消闲有效计，这是很重要的一个条件。倘分量大了，一吃就饱，时间就无法消磨。这与赈饥的粮食目的完全相反。赈饥的粮食求其吃得饱，消闲的粮食求其吃不饱。最好只尝滋味而不吞物质。最好越吃越饿，像罗马亡国之前所流行的“吐剂”一样，则开筵大嚼，醉饱之后，咬一下瓜子可以再来开筵大嚼。一直把时间消磨下去。

要剥壳也是消闲食品的一个必要条件。倘没有壳，吃起来太便当，容易饱，时间就不能多多消磨了。一定要剥，而且剥的技术要有声有色，使它不像一种苦工，而像一种游戏，方才适合于有闲阶级的生活，可让他们愉快地把时间消磨下去。

具足以上三个利于消磨时间的条件的，在世间一切食物之中，想来想去，只有瓜子。所以我说发明吃瓜子的人是了不起的天才。而能尽量地享用瓜子的中国人，在消闲一道上，真是了不起的积极的实行家！试看糖食店、南货店里的瓜子的畅销，试看茶楼、酒店、家庭中满地的瓜子壳，便可想见中国人在“咯，呸”“的，的”的声音中消磨去的时间，每年统计起来为数一定可惊。将来此道发展起来，恐怕连全中国也可消灭在“咯，呸”“的，的”的声中呢。

我本来见瓜子害怕，写到这里，觉得更可害怕了。

▲ 廿三年四月廿日

·第四卷·

幸有我来山未孤

渐

使人生圆滑进行的微妙的要素，莫如“渐”；造物主骗人的手段，也莫如“渐”。在不知不觉之中，天真烂漫的孩子“渐渐”变成野心勃勃的青年，慷慨豪侠的青年“渐渐”变成冷酷的成人，血气旺盛的成人“渐渐”变成顽固的老头子。因为其变更是渐进的，一年一年地、一月一月地、一日一日地、一时一时地、一分一分地、一秒一秒地渐进，犹如从斜度极缓的长远的山坡上走下来，使人不察其递降的痕迹，不见其各阶段的境界，而似乎觉得常在同样的地位，恒久不变，又无时不有生的意趣与价值，于是人生就被确实肯

● 本篇曾载于 1928 年 6 月《一般》第 5 卷第 2 号。

定，而圆滑进行了。假使人生的进行不像山陂而像风琴的键板，由 do 忽然移到 re，即如昨夜的孩子今朝忽然变成青年；或者像旋律的“接离进行”[1]地由 do 忽然跳到 mi，即如朝为青年而暮忽成老人，人一定要惊讶、感慨、悲伤，或痛感人生的无常而不乐为人了。故可知人生是由“渐”维持的。这在女人恐怕尤为必要：歌剧中，舞台上的如花的少女，就是将来火炉旁边的老婆子。这句话，骤听使人不能相信，少女也不肯承认，实则现在的老婆子都是由如花的少女“渐渐”变成的。

人之能堪受境遇的变衰，也全靠这“渐”的助力。巨富的纨绔子弟因屡次破产而“渐渐”荡尽其家产，变为贫者；贫者只得做佣工，佣工往往变为奴隶，奴隶容易变为无赖，无赖与乞丐相去甚近，乞丐不妨做偷儿……这样的例子，在小说中，在实际上，均多得很。因为其变衰是延长为十年二十年而一步一步地“渐渐”地达到的，在本人不感到什么强烈的刺激。故虽到了饥寒病苦刑笞交迫的地步，仍是熙熙然贪恋着目前的生的欢喜。假如一位千金之子忽然变了乞丐

---

① 旋律乐音从一个音跳跃数步到另一个音的行进方式。

或偷儿，这人一定愤不欲生了。

这真是大自然的神秘的原则，造物主的微妙的功夫！阴阳潜移，春秋代序，以及物类的衰荣生杀，无不暗合于这法则。由萌芽的春“渐渐”变成绿荫的夏，由凋零的秋“渐渐”变成枯寂的冬。我们虽已经历数十寒暑，但在围炉拥衾的冬夜仍是难于想象饮冰挥扇的夏日的心情；反之亦然。然而由冬一天一天地、一时一时地、一分一分地、一秒一秒地移向夏，由夏一天一天地、一时一时地、一分一分地、一秒一秒地移向冬，其间实在没有显著的痕迹可寻。昼夜也是如此：傍晚坐在窗下看书，page上“渐渐”地黑起来，倘不断地看下去（目力能因了光的渐弱而渐渐加强），几乎永远可以认识page上的字迹，即不觉昼之已变为夜。黎明凭窗，不瞬目地注视东天，也不辨自夜向昼的推移的痕迹。儿女渐渐长大起来，在朝夕相见的父母全不觉得，难得见面的远亲就相见不相识了。往年除夕，我们曾在红蜡烛底下守候水仙花的开放，真是痴态！倘水仙花果真当面开放给我们看，便是大自然的原则的破坏，宇宙的根本的摇动，世界人类的末日临到了！

“渐”的作用，就是用每步相差极微极缓的方法来隐蔽时间的过去与事物的变迁的痕迹，使人误认其为恒久不变。这真是造物主骗人的一大诡计！这有一件比喻的故事：某农夫每天朝晨抱了犊而跳过一沟，到田里去工作，夕暮又抱了它跳过沟回家。每日如此，未尝间断。过了一年，犊已渐大、渐重，差不多变成大牛，但农夫全不觉得，仍是抱了它跳沟。有一天他因事停止工作，次日再就不能抱了这牛而跳沟了。造物的骗人，使人流连于其每日每时的生的欢喜而不觉其变迁与辛苦，就是用这个方法的。人们每日在抱了日重一日的牛而跳沟，不准停止，自己误以为是不变的，其实每日在增加其苦劳！

我觉得时辰钟是人生的最好的象征了。时辰钟的针，平常一看总觉得是“不动”的，其实人造物中最常动的无过于时辰钟的针了。日常生活中的人生也如此。刻刻觉得我是我，似乎这“我”永远不变，实则与时辰钟的针一样地无常！一息尚存，总觉得我仍是我，我没有变，还是流连着我的生，可怜受尽“渐”的欺骗！

“渐”的本质是“时间”。时间，我觉得比空间更为不可思议，犹之时间艺术的音乐比空间艺术的绘画更为神秘。因为空间姑且不追究它如何广大或无限，我们总可以把握其一端，认定其一点。时间则全然无从把握，不可挽留，只有过去与未来在渺茫之中不绝地相追逐而已。性质上既已渺茫不可思议，分量上在人生也似乎太多。因为一般人对于时间的悟性，似乎只够支配搭船乘车的短时间；对于百年的长期间的寿命，他们不能胜任，往往迷于局部而不能顾及全体。试看乘火车的旅客中，常有明达的人，有的宁牺牲暂时的安乐而让其座位于老弱者，以求心的太平（或博暂时的美誉）；有的见众人争先下车，而退在后面，或高呼："勿要轧，总有得下去的！""大家都要下去的！"然而在乘"社会"或"世界"的大火车的"人生"的长期的旅客中，就少有这样的明达之人。所以我觉得百年的寿命，定得太长。像现在的世界上的人，倘定他们只有搭船乘车的期间的寿命，也许在人类社会上可减少许多凶险残惨的争斗，而与火车中一样地谦让、和平，也未可知。

然人类中也有几个能胜任百年的或千古的寿命的人。那是"大人格""大人生"。他们能不为"渐"所迷，不为造物所欺，而收缩无限的时间并空间于方寸的心中。试听 Blake（布莱克）的歌：

一粒沙里看见世界，
一朵野花里见天国，
在你掌里盛住无限，
一时间里便是永劫。

（周作人先生译）

▲ 戊辰芒种作于石门舟中

钱江看潮记[●]

阴历八月十八，我客居杭州。这一天恰好是星期日，寓中来了二位亲友和两个例假返寓的儿女。上午，天色阴而不雨，凉而不寒。有一个人说起今天是潮辰[①]，大家兴致勃勃起来，提议到海宁看潮。但是我的左足趾上患着湿毒，行步维艰还在其次，鞋跟拔不起来，拖了鞋子出门，违背新生活运动，将受警察干涉。但为此使众人扫兴，我也不愿意。于是大家商议，修改办法：借了一只大鞋子给我的左足穿了，又改变看潮的地点为钱塘江边，三廊庙。我们明知道钱塘江边

● 本篇曾载于 1935 年 10 月 1 日《论语》第 73 期。

① “潮辰”，即潮神的生辰。民间一般以伍子胥为潮神，以每年的阴历八月十八为潮神生辰。

潮水不及海宁的大，真是“没啥看头”的。但凡事轮到自己去做时，无论如何总要想出它一点好处来，一以鼓励勇气，一以安慰人心。就有人说：“今年潮水比往年大，钱塘江潮也很可观。”“今天的报上说，昨天江边车站的铁栏都被潮水冲去，二十几个人爬在铁栏上看潮，一时淹没，幸为房屋所阻，不致与波臣为伍，但有四人头破血流。”听了这样的话，大家觉得江干不亚于海宁，此行一定不虚。我就伴了我的二位亲友，带了我的女儿和一个小孩子，一行六人，就于上午十时动身赴江边。我两脚穿了一大一小的鞋子跟在他们后面。

我们乘公共汽车到三廊庙，还只十一点钟。我们乘义渡[1]过江，去看看杭江路的车站，果有乱石板木狼藉于地，说是昨日的潮水所致的。钱江两岸两个码头实在太长，加起来恐有一里路。回来的时候，我的脚吃不消，就坐了人力车。坐在车中看自己的两脚，好像是两个人的。倘照样画起来，见者一定要说是画错的，但一路也无人注意。只是我自己心虚，偶然逢到有人看我的脚，我便疑心他在笑我。碰着认识的人，谈话之中还要自己先把鞋的特殊的原因告诉他。他原

①“义渡”，即不收取费用的义务摆渡船。

来没有注意我的脚，听我的话却知道了。善于为自己辩护的人，欲掩其短，往往反把短处暴露了。

我在江心的渡船中遥望北岸，看见码头近旁有一座楼，高而多窗，前无障碍。我选定这是看潮最好的地点。看它的模样，不是私人房屋，大约是茶馆酒店之类，可以容我们去坐的。为了脚痛，为了口渴，为了肚饥，又为了贪看潮的眼福，我遥望这座楼觉得异常玲珑，犹似仙境一般美丽。我们跳上码头，已是十二点光景。走尽了码头，果然看见这座楼上挂着茶楼的招牌，我们欣然登楼。走上扶梯，看见列着明窗净几，全部江景被收在窗中，果然一好去处。茶客寥寥，我们六人就占据了临窗的一排椅子。我回头喊堂倌："一红一绿！"堂倌却空手走过来，笑嘻嘻地对我说："先生，今天是买座位的，每位小洋四角。"我的亲友们听了这话都立起身来，表示要走。但儿女们不闻不问，只管凭窗眺望江景，指东话西，有说有笑，正是得其所哉。我也留恋这地方，但我的亲友们以为座价太贵，同堂倌讲价，结果三个小孩子"马马虎虎"，我们六个人一共出了一块钱[①]。先付了钱，方才大

①"一块钱"，当时的角币分为大洋和小洋，一块钱相当于十二角小洋。

家放心坐下。托堂倌叫了六碗面，又买了些果子，权当午饭。大家正肚饥，吃得很快。吃饱之后，看见窗外的江景比前更美丽了。

我们来得太早，潮水要三点钟才到呢。到了一点半钟，我们才看见别人陆续上楼来。有的嫌座价贵，回了下去。有的望望江景，迟疑一下，坐下了。到了两点半钟，楼上的座位已满，嘈杂异常，非复吃面时可比了。我们的座位幸而在窗口，背着嘈杂面江而坐，仿佛身在泾渭界上，另有一种感觉。三点钟快到，楼上已无立锥之地。后来者无座位，不吃茶，亦不出钱。我们的背后挤了许多人。回头一看，只见观者如堵。有男有女，有老有少，更有被抱着的孩子。有的坐在桌上，有的立在凳上，有的竟立在桌上。他们所看的，是照旧的一条钱塘江。久之，久之，眼睛看得酸了，腿站得痛了，潮水还是不来。大家倦起来，有的垂头，有的坐下。忽然人丛中一个尖锐的呼声："来了！来了！"大家立刻把脖子伸长，但钱塘江还是照旧。原来是一个母亲因为孩子挤得哭了，在那里哄他。

江水真是太无情了。大家越是引颈等候，它的架子越是十足。这仿佛有的火车站里的卖票人，又仿佛有的邮政局收挂号信的，窗栏外许多人等候他，他只管悠然地吸烟。

三点二十分光景，潮水真个来了！楼内的人万头攒动，像运动会中决胜点旁的观者。我也除去墨镜，向江口注视。但见一条同桌上的香烟一样粗细的白线，从江口慢慢向这方面延长来。延了好久，达到西兴方面，白线就模糊了。再过了好久，楼前的江水渐渐地涨起来。浸没了码头的脚。楼下的江岸上略起些波浪，有时打动了一块石头，有时淹没了一条沙堤。以后浪就平静起来，水也就渐渐退却，看潮就看好了。楼中的人，好像已经获得了什么，各自纷纷散去。我同我亲友也想带了孩子们下楼，但一个小孩子不肯走，惊异地责问我："还要看潮哩！"大家笑着告诉他："潮水已经看过了！"他不信，几乎哭了。多方劝慰，方才收泪下楼。

我实在十分同情于这小孩子的话。我当离座时，也有"还要看潮哩！"似的感觉，似觉今天的目的尚未达到。我从未为看潮而看潮。今天特地为看潮而来，不意所见的潮如此而已，真觉大失所望。但又疑心自己的感觉不对。若果潮不足观，何以茶楼之中，江岸之上，观者动万，归途阻塞呢？以问我的亲友，一人云："我们这些人不是为看潮来的，都是为潮神贺生辰来的呀！"这话有理，原来我们都是被"八月十八”这空名所召集的。怪不得潮水毫没看头。回想我在茶楼中所见，除旧有的一片江景外毫无可述的美景。只有一种光景不能忘却：当波浪淹没沙堤时，有一群人正站在沙堤上看潮。浪来时，大家仓皇奔回，半身浸入水中，举手大哭，幸有大人转身去救，未遭没顶。这光景大类一幅水灾图。

看了这图，使人想起最近黄河长江流域各处的水灾，败兴而归。

▲ 廿三年秋日作，曾载《宇宙风》①

① 疑有误，应为“《论语》”，误作“《宇宙风》”。

山中避雨°

前天同了两女孩到西湖山中游玩，天忽下雨。我们仓皇奔走，看见前方有一小庙，庙门口有三家村，其中一家是开小茶店而带卖香烟的。我们趋之如归。茶店虽小，茶也要一角钱一壶。但在这时候，即使两角钱一壶，我们也不嫌贵了。

茶越冲越淡，雨越落越大。最初因游山遇雨，觉得扫兴，这时候山中阻雨的一种寂寥而深沉的趣味牵引了我的感兴，反觉得比晴天游山趣味更好。所谓“山色空蒙雨亦奇”，我于此体会了这种境界的好处。然而两个女孩子不解这种趣味，

° 本篇曾载于 1935 年 5 月 25 日《新中华》第 3 卷第 10 期，原名《民众乐器》，收入开明书店 1937 年 1 月初版《缘缘堂再笔》时改。

她们坐在这小茶店里躲雨，只是怨天尤人，苦闷万状。我无法把我所体验的境界为她们说明，也不愿使她们“大人化”而体验我所感的趣味。

茶博士[1]坐在门口拉胡琴。除雨声外，这是我们当时所闻的唯一的声音。拉的是《梅花三弄》，虽然音阶摸得不大正确，拍子还拉得不错。这好像是因为顾客稀少，他坐在门口拉这曲胡琴来代替收音机做广告的。可惜他拉了一会就罢，使我们所闻的只是嘈杂而冗长的雨声。为了安慰两个女孩子，我就去向茶博士借胡琴。“你的胡琴借我弄弄好不好？”他很客气地把胡琴递给我。

我借了胡琴回茶店，两个女孩很欢喜。“你会拉的？你会拉的？”我就拉给她们看。手法虽生，音阶还摸得正。因为我小时候曾经请我家邻近的柴主人[2]阿庆教过《梅花三弄》，又请对面弄内一个裁缝司务大汉教过胡琴上的工尺[3]。阿庆的教法很特别，他只是拉《梅花三弄》给你听，却不教你工

---

① “茶博士”，旧时茶店、酒坊侍应概称博士。

② “柴主人”，在作者家乡，指替农民称柴并介绍买家，从卖柴钱中收取少量中介费的人。

③ “工尺（chě）”，我国民族音乐音阶上各个音的总称，也是乐谱上各个记音符号的总称。

尺的曲谱。他拉得很熟，但他不知工尺。我对他的拉奏望洋兴叹，始终学他不来。后来知道大汉识字，就请教他。他把小工调、正工调的音阶位置写了一张给我，我的胡琴拉奏由此入门。现在所以能够摸出正确的音阶者，一半由于以前略有摸 violin（小提琴）的经验，一半仍是根基于大汉的教授的。在山中小茶店里的雨窗下，我用胡琴从容地（因为快了要拉错）拉了种种西洋小曲。两女孩和着了歌唱，好像是西湖上卖唱的，引得三家村里的人都来看。一个女孩唱着《渔光曲》，要我用胡琴去和她。我和着她拉，三家村里的青年们也齐唱起来，一时把这苦雨荒山闹得十分温暖。我曾经吃过七八年音乐教师饭，曾经用 piano（钢琴）伴奏过混声四部合唱，曾经弹过 Beethoven 的 sonata（奏鸣曲）。但是，有生以来，没有尝过今日般的音乐的趣味。

两部空黄包车拉过，被我们雇定了。我付了茶钱，还了胡琴，辞别三家村的青年们，坐上车子。油布遮盖我面前，看不见雨景。我回味刚才的经验，觉得胡琴这种乐器很有意思。piano 笨重如棺材，violin 要数十百元一具，制造虽精，世间有几人能够享用呢？胡琴只要两三角钱一把，虽然音域没有 violin 之广，也尽够演奏寻常小曲。虽然音色不比 violin

优美，装配得法，其发音也还可听。这种乐器在我国民间很流行，剃头店里有之，裁缝店里有之，江北船上有之，三家村里有之。倘能多造几个简易而高尚的胡琴曲，使像《渔光曲》一般流行于民间，其艺术陶冶的效果恐比学校的音乐课广大得多呢。我离去三家村时，村里的青年们都送我上车，表示惜别。我也觉得有些依依。（曾经搪塞他们说："下星期再来！"其实恐怕我此生不会再到这三家村里去吃茶且拉胡琴了。）若没有胡琴的因缘，三家村里的青年对于我这路人有何惜别之情，而我又有何依依于这些萍水相逢的人呢？古语云："乐以教和。"我做了七八年音乐教师没有实证过这句话，不料这天在这荒村中实证了。

▲ 廿四年秋日作，曾载《新中华》

初冬浴日漫感[1]

离开故居一两个月，一旦归来，坐到南窗下的书桌旁时第一感到异样的，是小半书桌的太阳光。原来夏已去，秋正尽，初冬方到。窗外的太阳已随分南倾了。

把椅子靠在窗缘上，背着窗坐了看书，太阳光笼罩了我的上半身。它非但不像一两月前地使我讨厌，反使我觉得暖烘烘地快适。这一切生命之母的太阳似乎正在把一种祛病延年、起死回生的乳汁，通过了它的光线而流注到我的体中来。

我掩卷冥想：我吃惊于自己的感觉，为什么忽然这样变

---

[1] 本篇曾载于1935年11月1日《中学生》第59号。

了？前日之所恶变成了今日之所欢，前日之所弃变成了今日之所求，前日之仇变成了今日之恩。张眼望见了弃置在高阁上的扇子，又吃一惊。前日之所欢变成了今日之所恶，前日之所求变成了今日之所弃，前日之恩变成了今日之仇。

忽又自笑：“夏日可畏，冬日可爱”，以及“团扇弃捐”，乃古之名言，夫人皆知，又何足吃惊？于是我的理智屈服了。但是我的感觉仍不屈服，觉得当此炎凉递变的交代期上，自有一种异样的感觉，足以使我吃惊。这仿佛是太阳已经落山而天还没有全黑的傍晚时光：我们还可以感到昼，同时已可以感到夜。又好比一脚已跨上船而一脚尚在岸上的登舟时光：我们还可以感到陆，同时已可以感到水。我们在夜里固皆知道有昼，在船上固皆知道有陆，但只是“知道”而已，不是“实感”。我久被初冬的日光笼罩在南窗下，身上发出汗来，渐渐润湿了衬衣。当此之时，浴日的“实感”与挥扇的“实感”在我身中混成一气，这不是可吃惊的经验吗？

于是我索性抛书，躺在墙角的藤椅里，用了这种混成的实感而环视室中，觉得有许多东西大变了相。有的东西变好了：像这个房间，在夏天常嫌其太小，洞开了一切窗门，还不够，几乎想拆去墙壁才好。但现在忽然大起来，大得很！

不久将要用屏帏把它隔小来了。又如案上这把热水壶，以前曾被茶缸驱逐到碗橱的角里，现在又像纪念碑似的矗立在眼前了。棉被从前在伏日里晒的时候，大家讨嫌它既笨且厚，现在铺在床里，忽然使人悦目，样子也薄起来了。沙发椅子曾经想卖掉，现在幸而没有人买去。从前曾经想替黑猫脱下皮袍子，现在却羡慕它了。反之，有的东西变坏了：像风，从前人遇到了它都称“快哉！”，欢迎它进来，现在渐渐拒绝它，不久要像防贼一样严防它入室了。又如竹榻，以前曾为众人所宝，极一时之荣，现在已无人问津，形容枯槁，毫无生气了。壁上一张汽水广告画，角上画着一大瓶汽水和一只泛溢着白泡沫的玻璃杯，下面画着海水浴图。以前望见汽水图口角生津，看了海水浴图恨不得自己做了画中人，现在这幅画几乎使人打寒噤了。裸体的洋团团趺坐在窗口的小书架上，以前觉得他太写意，现在看他可怜起来。希腊古代名雕的石膏模型 Venus（维纳斯）立像，把裙子褪在大腿边，高高地独立在凌空的花盆架上。我在夏天看见她的脸孔是带笑的，这几天望去忽觉其容有蹙，好像在悲叹她自己失却了两只手臂，无法拉起裙子来御寒。

其实，物何尝变相？是我自己的感觉变叛了。感觉何以能变叛？是自然教它的。自然的命令何其严重：夏天不由你不爱风，冬天不由你不爱日。自然的命令又何其滑稽：在夏天定要你赞颂冬天所诅咒的，在冬天定要你诅咒夏天所赞颂的！

人生也有冬夏。童年如夏，成年如冬；或少壮如夏，老大如冬。在人生的冬夏，自然也常教人的感觉变叛，其命令也有这般严重，又这般滑稽。

▲ 廿四年双十节晚于石门湾，曾载《中学生》

春[●]

春是多么可爱的一个名词！自古以来的人都赞美它，希望它长在人间。诗人，特别是词客，对春爱慕尤深。试翻词选，差不多每页上都可以找到一个春字。后人听惯了这种话，自然地随喜附和，即使实际上没有理解春的可爱的人，一说起春也会觉得欢喜。这一半是春这个字的音容所暗示的。"春！"你听，这个音读起来何等温雅华丽而惺忪可爱！你看，这个字的形状何等齐整妥帖而具足对称的美！这么美的名字所隶属的时节，想起来一定很可爱。好比听见名叫"丽华"的女子，想来一定是个美人。

● 本篇曾载于1934年4月《中学生》第44号。

然而实际上春不是那么可喜的一个时节。我积三十六年之经验，深知暮春以前的春天，生活上是很不愉快的。

梅花带雪开了，说道是漏泄春的消息。但这完全是精神上的春，实际上雨雪霏霏，北风烈烈，与严冬何异？所谓迎春的人，也只是瑟缩地躲在房栊内，战栗地站在檐下，望望枯枝一般的梅花罢了！

再迟个把月吧，就像现在：惊蛰已过，所谓春将半了。住在都会里的朋友想象此刻的乡村，足有画图一般美丽而愉快，连忙写信来催我写春的随笔。好像因为我偎傍着春，惹他们妒忌似的。其实我们住在乡村间的人，并没有感到快乐，却生受了种种的不舒服。寒暑表激烈地升降于三十六度至六十二度①之间。一日之内，乍暖乍寒。暖起来可以想起都会里的冰激凌，寒起来几乎可见天然冰，饱尝了所谓“料峭”的滋味。天气又忽晴忽雨，偶一出门，干燥的鞋子往往拖泥带水归来。“一春能有几番晴”②是真的，“小楼一夜听春雨”其实没有什么好听，单调得很，远不及你们都会里的无线电的花样繁多呢！春将半

① “度”，指华氏度。三十六华氏度至六十二华氏度大致相当于二摄氏度至十六摄氏度。

② 疑有误，原句应为“一春能几番晴”，出自宋代词人李彭老《清平乐·合欢扇子》：“宝筝弹向谁听？一春能几番晴？”

了，但它并没有给我们一点舒服，只教我们天天愁寒，愁暖，愁风，愁雨。正是“三分春色二分愁，更一分风雨”！

春的景象，只有乍寒、乍暖、忽晴、忽雨是实际而明确的。此外虽有春的美景，但都隐约、模糊，要仔细探寻，才可依稀仿佛地见到，这就是所谓“寻春”吧？有的说“春在卖花声里”，有的说“春在梨花”，又有的说“红杏枝头春意闹”。但这种景象在我们这枯寂的乡村里都不易见到。即使见到了，肉眼也不易认识。总之，春所带来的美，少而隐；春所带来的不快，多而确。诗人词客似乎也承认这一点，春寒、春困、春愁、春怨，不是诗词中的常谈吗？不但现在如此，就是再过个把月，到了清明时节，也不见得一定春光明媚，令人极乐。倘又是落雨，路上的行人将要“断魂”呢。

可知春徒有其名，在实际生活上是很不愉快的。实际，一年中最愉快的时节，从暮春开始。就气候上说，暮春以前虽然大体逐渐由寒向暖，但变化多端，始终是乍寒乍暖，最难将息的时候。到了暮春，方才冬天的影响完全消失，而一路向暖。寒暑表上的水银爬到 temperate（温暖）上，正是气候最 temperate 的时节。就景色上说，春色不须寻找，有广大的绿野、青山，慰人心目。古人词云：“杜宇一声春去，树头无数青山。”原来山要到春去的时候方才全青，而惹人注目。我觉得自然景色中，青草与白雪是最伟大的现象。造物者描写“自然”这幅大画图时，对于春红、秋艳，都只是略蘸些胭脂、朱磦，轻描淡写。到了描写白雪与青草，他就毫不吝惜颜料，用刷子蘸了铅粉、藤黄和花青而大块地涂抹，使屋屋皆白，山山皆青。这仿佛是米派山水[1]的点染法，又好像是 Cézanne 风景画的“色的块”，何等泼辣的画风！而草色青青，连天遍野，尤为和平可亲，大公无私的春色。花木有时被关闭在私人的庭园里，吃了园丁的私刑而献媚于绅士淑女之前。草则到处自生自长，不择贵贱高下。人都以为花是春的作品，其实春工不在花枝，而在于草。看花的能有几人？草则广被大自然的表面，普遍地受大众的欣赏。这种美景，是早春所见不到的。那时候山野中枯草遍地，满目焦黄之色，看了令人不快。必须到了暮春，枯草尽去，才有真的青山绿野的出现，而天地为之一新。一年好景，无过于此时。自然对人的恩宠，也以此时为最深厚了。

讲求实利的西洋人，向来重视这季节，称之为 May（五

① “米派山水”，宋代的米芾、米友仁父子，开创了水墨点染法来作山水画，其特点是运笔草草，不求工细，画史上称“米派山水”。

月)。May 是一年中最愉快的时节，人间有种种的娱乐，即所谓 May-queen(五月美人)、May-pole(五月彩柱)、May-games(五月游艺)[①]等。May 这一个字，原是“青春”“盛年”的意思。可知西洋人视一年中的五月，犹如人生中的青年，为最快乐、最幸福、最精彩的时期。这确是名副其实的。但东洋人的看法就与他们不同：东洋人称这时期为暮春，正是留春、送春、惜春、伤春，而感慨、悲叹、流泪的时候，全然说不到乐。东洋人之乐，乃在“绿柳才黄半未匀”的新春，便是那忽晴、忽雨，乍暖、乍寒，最难将息的时候。这时候实际生活上虽然并不舒服，但默察花柳的萌动，静观天地的回春，在精神上是最愉快的。故西洋的“May”相当于东洋的“春”。这两个字读起来声音都很好听，看起来样子都很美丽。不过 May 是物质的、实利的，而春是精神的、玄妙的。东西洋文化的判别，在这里也可窥见。

▲ 一九三四年三月十二夜十时

① 在西方，在五月一日五朔节这天，由民众选出的“五月美人”(也作“五月皇后”，指容貌出众的女孩)会头戴花冠，绕着“五月彩柱”(也作“五月柱”，指用彩带和花环装饰的五月的树木或树枝)跳舞庆祝，并由游行队伍簇拥着穿过村庄、街道，此为“五月游艺”。

·第五卷·

天地间最健全的心眼

做父亲○

楼窗下的弄里远地传来一片声音："咿哟，咿哟……"渐近渐响起来。

一个孩子从算草薄中抬起头来，张大眼睛倾听一会，"小鸡！小鸡！"叫了起来。四个孩子同时放弃手中的笔，飞奔下楼，好像路上的一群麻雀听见了行人的脚步声而飞去一般。

我刚才扶起他们所带倒的凳子，拾起桌子上滚下去的铅笔，听见大门口一片呐喊："买小鸡！买小鸡！"其中又混着哭声。连忙下楼一看，原来元草因为落伍而狂奔，在庭中跌

● 本篇曾载于1933年7月1日《文学》杂志第1卷第1号。

了一跤，跌痛了膝盖不能再跑，恐怕小鸡被哥哥姊姊们买完了轮不着他，所以激烈地哭着。我扶了他走出大门口，看见一群孩子正向一个挑着一担“咿哟，咿哟”的人招呼，欢迎他走近来。元草立刻离开我，上前去加入团体，且跳且喊：“买小鸡！买小鸡！”泪珠跟了他的一跳一跳而从脸上滴到地上。

孩子们见我出来，大家回转身来包围了我。“买小鸡！买小鸡！”的喊声由命令的语气变成了请愿的语气，喊得比前更响了。他们仿佛想把这些音蓄入我的身体中，希望它们由我的口上开出来。独有元草直接拉住了担子的绳而狂喊。

我全无养小鸡的兴趣，且想起了以后的种种麻烦，觉得可怕。但乡居寂寥，绝对屏除外来的诱惑而强迫一群孩子在看惯的几间屋子里隐居这一个星期日，似也有些残忍。且让这个“咿哟，咿哟”来打破门庭的岑寂，当作长闲的春昼的一种点缀吧。我就招呼挑担的，叫他把小鸡给我们看看。

他停下担子，揭开前面的一笼。“咿哟，咿哟”的声音忽然放大。但见一个细网的下面，蠕动着无数可爱的小鸡，好像许多活的雪球。五六个孩子蹲集在笼子的四周，一齐倾情地叫着“好来！好来！”一瞬间我的心也屏绝了思虑而没入在这些小动物的姿态的美中，体会了孩子们对于小鸡的热爱的心情。许多小手伸入笼中，竞指一只纯白的小鸡，有的几乎要隔网捉住它。挑担的忙把盖子无情地盖上，许多“咿呦，咿呦”的雪球和一群“好来，好来”的孩子便隔着咫尺天涯了。孩子们怅望笼子的盖，依附在我的身边，有的伸手摸我的袋。我就向挑担的人说话：

“小鸡卖几钱一只？”

“一块洋钱四只。”

“这样小的，要卖二角半钱一只？可以便宜些否？”

“便宜勿得，二角半钱最少了。”

他说过，挑起担子就走。大的孩子脉脉含情地目送他，小的孩子拉住了我的衣襟而连叫“要买！要买！”挑担的越走得快，他们喊得越响。我摇手止住孩子们的喊声，再向挑担的问：

“一角半钱一只卖不卖？给你六角钱买四只吧！”

“没有还价！”

他并不停步，但略微旋转头来说了这一句话，就赶紧向前面跑。“咿呦，咿呦”的声音渐渐地远起来了。

元草的喊声就变成哭声。大的孩子锁着眉头不绝地探望挑担者的背影，又注视我的脸色。我用手掩住了元草的口，再向挑担人远远地招呼：

“二角大洋一只，卖了吧！”

“没有还价！”

他说过便昂然地向前进行，悠长地叫出一声“卖——小——鸡——！”，其背影便在弄口的转角上消失了。我这里只留着一个号啕大哭的孩子。

对门的大嫂子曾经从矮门上探头出来看过小鸡，这时候就拿着针线走出来，倚在门上，笑着劝慰哭的孩子说：

“不要哭！等一会还有担子挑来，我来叫你呢！”她又笑着向我说：

“这个卖小鸡的想做好生意。他看见小孩子哭着要买，越是不肯让价了。昨天坍墙圈里买的一角洋钱一只，比刚才的还大一半呢！”

我对她答话了几句，便拉了哭着的孩子回进门来。别的孩子也懒洋洋地跟了进来。我原想为长闲的春昼找些点缀而走出门口来的，不料讨个没趣，扶了一个哭着的孩子而回进来。庭中的柳树正在骀荡的春光中摇曳柔条，堂前的燕子正在安稳的新巢上低回软语。我们这个刁巧的挑担者和痛哭的孩子，在这一片和平美丽的春景中很不调和啊！

关上大门，我一面为元草揩拭眼泪，一面对孩子们说：

“你们大家说‘好来，好来’‘要买，要买’，那人就不肯让价了！”

小的孩子听不懂我的话，继续唏嘘着，大的孩子听了我的话若有所思。我继续抚慰他们：

“我们等一会再来买吧，隔壁大妈会喊我们的。但你们下次……”

我不说下去了。因为下面的话是“看见好的嘴上不可说好，想要的嘴上不可说要”。倘再进一步，就要变成“看见好的嘴上应该说不好，想要的嘴上应该说不要”了。在这一片天真烂漫、光明正大的春景中，向哪里容藏这样教导孩子的一个父亲呢？

▲ 二十二年五月二十日

儿女[●]

回想四个月以前，我犹似押送囚犯，突然地把小燕子似的一群儿女从上海的租寓中拖出，载上火车，送回乡间，关进低小的平屋中。自己仍回到上海的租寓中，独居了四个月。这举动究竟出于什么旨意，本于什么计划，现在回想起来，连自己也不相信。其实旨意与计划，都是虚空的，自骗自扰的，实际于人生有什么利益呢？只赢得世故尘劳，作弄几番欢愁的感情，增加心头的创痕罢了！

当时我独自回到上海，走进空寂的租寓，心中不绝地浮起这两句《楞严》的经文：“十方虚空在汝心中，犹如白云点

● 本篇曾载于 1928 年 10 月 10 日《小说月报》第 19 卷第 10 号。

太清里，况诸世界在虚空耶！”①

晚上整理房室，把剩在灶间里的篮钵、器皿、余薪、余米，以及其他三年来寓居中所用的家常零星物件，尽行送给来帮我做短工的、邻近的小店里的儿子。只有四双破旧的小孩子的鞋子（不知为什么缘故），我不送掉，拿来整齐地摆在自己的床下，而且后来看到的时候常常感到一种无名的愉快。直到好几天之后，邻居的友人过来闲谈，说起这床下的小鞋子阴气迫人，我方始悟到自己的痴态，就把它们拿掉了。

朋友们说我关心儿女。我对于儿女的确关心，在独居中更常有悬念的时候。但我自以为这关心与悬念中，除了本能以外，似乎尚含有一种更强的加味。所以我往往不顾自己的画技与文笔的拙陋，动辄描摹。因为我的儿女都是孩子们，最年长的不过九岁，所以我对于儿女的关心与悬念中，有一部分是对于孩子们——普天下的孩子们——的关心与悬念。他们成人以后我对他们怎样？现在自己也不能晓得，但可推知其一定与现在不同，因为不复含有那种加味了。

回想过去四个月的悠闲宁静的独居生活，在我也颇觉得

① 疑有误，现多作“十方虚空生汝心内，犹如片云点太清里，况诸世界在虚空耶！”

可恋，又可感谢。然而一旦回到故乡的平屋里，被围在一群儿女的中间的时候，我又不禁自伤了。因为我那种生活，或枯坐、默想，或钻研、搜求，或敷衍、应酬，比较起他们的天真、健全、活跃的生活来，明明是变态的、病的、残废的。

有一个炎夏的下午，我回到家中了。第二天的傍晚，我领了四个孩子——九岁的阿宝、七岁的软软、五岁的瞻瞻、三岁的阿韦——到小院中的槐荫下，坐在地上吃西瓜。夕暮的紫色中，炎阳的红味渐渐消减，凉夜的青味渐渐加浓起来。微风吹动孩子们的细丝一般的头发，身体上汗气已经全消，百感畅快的时候，孩子们似乎已经充溢着生的欢喜，非发泄不可了。最初是三岁的孩子的音乐的表现，他满足之余，笑嘻嘻摇摆着身子，口中一面嚼西瓜，一面发出一种像花猫偷食时候的“ngam ngam”的声音来。这音乐的表现立刻唤起了五岁的瞻瞻的共鸣，他接着发表他的诗：“瞻瞻吃西瓜，宝姐姐吃西瓜，软软吃西瓜，阿韦吃西瓜。”这诗的表现又立刻引起了七岁与九岁的孩子的散文的、数学的兴味，他们立刻把瞻瞻的诗句的意义归纳起来，报告其结果：“四个人吃四块西瓜。”

于是我就做了评判者，在自己心中批判他们的作品。我觉得三岁的阿韦的音乐的表现最为深刻而完全，最能全般表出他的欢喜的感情。五岁的瞻瞻把这欢喜的感情翻译为（他的）诗，已打了一个折扣，然尚带着节奏与旋律的分子，犹有活跃的生命流露着。至于软软与阿宝的散文的、数学的、概念的表现，比较起来更肤浅一层。然而看他们的态度，全部精神没入在吃西瓜的一事中，其明慧的心眼，比大人们所见的完全得多。天地间最健全的心眼，只是孩子们的所有物，世间事物的真相，只有孩子们能最明确、最完全地见到。我比起他们来，真的心眼已经因了世智尘劳而蒙蔽、斫丧，是一个可怜的残废者了。我实在不敢受他们“父亲”的称呼，倘然“父亲”是尊崇的。

我在平屋的南窗下暂设一张小桌子，上面按照一定的秩序而布置着稿纸、信箧、笔砚、墨水瓶、糨糊瓶、时表和茶盘等，不欢喜别人来任意移动，这是我独居时的惯癖。我——我们大人——平常的举止，总是谨慎，细心，端详，斯文。例如磨墨、放笔、倒茶等，都小心从事，故桌上的布置每日依然，不致破坏或扰乱。因为我的手足的筋觉已经因了屡受物理的教训而深深地养成一种谨惕的惯性了。然而孩子们一爬到我的案上，就捣乱我的秩序，破坏我的桌上的构图，毁损我的器物——他们拿起自来水笔来一挥，洒了一桌子又一衣襟的墨水点，又把笔尖蘸在糨糊瓶里。他们用劲拔开毛笔的铜笔套，手背撞翻茶壶，壶盖打碎在地板上……这在当时实在使我不耐烦，我不免哼喝他们，夺脱他们手里的东西，甚至批他们的小颊。然而我立刻后悔：哼喝之后立刻继之以笑，夺了之后立刻加倍奉还，批颊的手在中途软却，终于变批为抚。因为我立刻自悟其非：我要求孩子们的举止同我自己一样，何其乖谬！我——我们大人——的举止谨惕，是为了身体手足的筋觉已经受了种种现实的压迫而痉挛了的缘故。孩子们尚保有天赋的健全的身手与真朴活跃的元气，岂像我们的穷屈？揖让、进退、规行、矩步等大人们的礼貌，犹如刑具，都是戕贼这天赋的健全的身手的。于是活跃的人逐渐变成了手足麻痹、半身不遂的残废者。残废者要求健全者的举止同他自己一样，何其乖谬！

儿女对我的关系如何？我不曾预备到这世间来做父亲，故心中常是疑惑不明，又觉得非常奇妙。我与他们（现在）完全是异世界的人，他们比我聪明、健全得多，然而他们又是我所生的儿女。这是何等奇妙的关系！世人以膝下有儿女为幸福，希望以儿女永续其自我，我实在不解他们的心理。我以为世间人与人的关系，最自然、最合理的莫如朋友。君臣、父子、昆弟、夫妇之情，在十分自然合理的时候都不外乎是一种广义的友谊。所以朋友之情，实在是一切人情的基础。“朋，同类也。”并育于大地上的人，都是同类的朋友，共为大自然的儿女。世间的人，忘却了他们的大父母，而只知有小父母，以为父母能生儿女，儿女为父母所生，故儿女可以永续父母的自我，而使之永存。于是无子者叹天道之无知，子不肖者自伤其天命而狂进杯中之物，其实天道有何厚薄于其齐生并育的儿女！我真不解他们的心理。

近来我的心为四事所占据了：天上的神明与星辰，人间的艺术与儿童。这小燕子似的一群儿女，是在人世间与我因缘最深的儿童，他们在我心中占有与神明、星辰、艺术同等的地位。

▲ 戊辰年韦驮圣诞[1] 作于石湾

---

① “韦驮圣诞”，“韦驮”即“韦驮菩萨”，佛教中的护法神，在中国，每年阴历六月初三为韦驮菩萨圣诞日。

送阿宝出黄金时代[◎]

阿宝，我和你在世间相聚，至今已十四年了，在这五千多天内，我们差不多天天在一处，难得有分别的日子。我看着你呱呱堕地，嘤嘤学语，看你由吃奶改为吃饭，由匍匐学成跨步。你的变态微微地逐渐地展进，没有痕迹，使我全然不知不觉，以为你始终是我家的一个孩子，始终是我们这家庭里的一种点缀，始终可做我和你母亲的生活的慰安者。然而近年来，你态度行为的变化，渐渐证明其不然。你已在我们的不知不觉之间长成了一个少女，快将变为成人了。古

● 本篇原载于 1935 年 5 月 13 日、14 日《申报 · 自由谈》，文章末尾部分内容引用了发表于 1926 年的《给我的孩子们》一文中的片段，引用时较原文略有出入。

人谓“父母之年不可不知也，一则以喜，一则以惧”。我现在反行了古人的话，在送你出黄金时代的时候，也觉得悲喜交集。

所喜者，近年来你的态度行为的变化，都是你将由孩子变成成人的表示。我的辛苦和你母亲的劬劳似乎有了成绩，私心庆慰。所悲者，你的黄金时代快要度尽，现实渐渐暴露，你将停止你的美丽的梦，而开始生活的奋斗了，我们仿佛丧失了一个从小依傍在身边的孩子，而另得了一个新交的知友。“乐莫乐兮新相知”，然而旧日天真烂漫的阿宝，从此永远不得再见了！

记得去春有一天，我拉了你的手在路上走。落花的风把一阵柳絮吹在你的头发上、脸孔上和嘴唇上，使你好像冒了雪，生了白胡须。我笑着搂住了你的肩，用手帕为你拂拭。你也笑着，仰起了头依在我的身旁。这在我们原是极寻常的事：以前每天你吃过饭，是我同你洗脸的。然而路上的人向我们注视，对我们窃笑，其意思仿佛在说：“这样大的姑娘儿，还在路上教父亲搂住了拭脸孔！”我忽然看见你的身体似乎高大了，完全发育了，已由中性似的孩子变成十足的女性了。我忽然觉得，我与你之间似乎筑起一堵很高、很坚、很厚的无影的墙。你在我的怀抱中长起来，在我的提携中大起来，但从今以后，我和你将永远分居于两个世界了。一刹那间然心中感到深痛的悲哀。我怪怨你何不永远做一个孩子而定要长大起来，我怪怨人类中何必有男女之分。然而怪怨之后立刻破悲为笑。恍悟这不是当然的事，可喜的事吗？

记得有一天，我从上海回来。你们兄弟姊妹照例拥在我身旁，等候我从提箱中取出“好东西”来分。我欣然地取出一束巧克力来，分给你们每人一包。你的弟妹们到手了这五色金银的巧克力，照例欢喜得大闹一场，雀跃地拿去尝新了。你受持了这赠品也表示欢喜，跟着弟妹们去了。然而过了几天，我偶然在楼窗中望下来，看见花台旁边，你拿着一包新开的巧克力，正在分给弟妹三人。他们各自争多嫌少，你忙着为他们均分。在一块缺角的巧克力上添了一张五色金银的包纸派给小妹妹了，方才三面公平。他们欢喜地吃糖了，你也欢喜地看他们吃。这使我觉得惊奇。吃巧克力，向来是我家儿童们的一大乐事。因为乡村里只有箬叶包的糖塌饼、草纸包的状元糕，没有这种五色金银的糖果；只有甜煞的粽子糖、咸煞的盐青果，没有这种异香异味的糖果。所以我每次到上海，一定要买些回来分给儿童，借添家庭的乐趣。儿童们切望我回家的目的，大半就在这“好东西”上。你向来也是这“好东西”的切望者之一人。你曾经和弟妹们赌赛谁是最后吃完；你曾经把五色金银的锡纸积受起来制成华丽的手工品，使弟妹们艳羡。这回你怎么一想，肯把自己的一包藏起来，如数分给弟妹们吃呢？我看你为他们分均匀了之后表示非常地欢喜，同从前赌得了最后吃完时一样，不觉倚在楼上独笑起来。因为我忆起了你小时候的事：十来年之前，你是我家里的一个捣乱分子，每天为了要求的不满足而哭几场，挨母亲打几顿。你吃蛋只要吃蛋黄，不要吃蛋白，母亲偶然夹一筷蛋白在你的饭碗里，你便把饭粒和蛋白乱拨在桌子上，同时大喊：“要黄！要黄！”你以为凡物较好者就叫作“黄”。所以有一次你要小椅子玩耍，母亲搬一个小凳子给你，你也大喊：“要黄！要黄！”你要长竹竿玩，母亲拿一根“史的克”[①]给你，你也大喊：“要黄！要黄！”你看不起那时候还只一二岁而不会活动的软软。吃东西时，把不好吃的东西留着给软软吃；讲故事时，把不幸的角色派给软软当。向母亲有所要求而不得允许的时候，你就高声地问：“当错软软吗？

①“史的克”，即“手杖”，英文“stick”的音译。

当错软软吗？”你的意思以为：软软这个人要不得，其要求可以不允许；而阿宝是一个重要不过的人，其要求岂有不允许之理？今所以不允许者，大概是当错了软软的缘故。所以每次高声地提醒你母亲，务要她证明阿宝正身，允许一切要求而后已。这个一味“要黄”而专门欺侮弱小的捣乱分子，今天在那里牺牲自己的幸福来增殖弟妹们的幸福，使我看了觉得可笑，又觉得可悲。你往日的一切雄心和梦想已经宣告失败，开始在遏制自己的要求，忍耐自己的欲望，而谋他人的幸福了；你已将走出唯我独尊的黄金时代，开始在尝人类之爱的辛味了。

记得去年有一天，我为了必要的事，将离家远行。在以前，每逢我出门了，你们一定不高兴，要阻住我，或者约我早归。在更早的以前，我出门须得瞒过你们。你弟弟后来寻我不着，须得哭几场。我回来了，倘预知时期，你们常到门口或半路上来迎候。我所描的那幅题曰《爸爸还不来》的画，便是以你和你的弟弟的等我归家为题材的。因为我在过去的十来年中，以你们为我的生活慰安者，天天晚上和你们谈故事、做游戏、吃东西，使你们都觉得家庭生活的温暖，少不来一个爸爸，所以不肯放我离家。去年这一天我要出门了，你的弟妹们照旧为我惜别，约我早归。我以为你也如此，正在约你何时回家和买些什么东西来，不意你却劝我早去，又劝我迟归，说你有种种玩意儿可以骗住弟妹们的阻止和盼待。原来你已在我和你母亲谈话中闻知了我此行有早去迟归的必要，决意为我分担生活的辛苦了。我此行感觉轻快，但又感觉悲哀。因为我家将少却了一个黄金时代的幸福儿。

以上原都是过去的事，但是常常切在我的心头，使我不能忘却。现在，你已做中学生，不久就要完全脱离黄金时代而走向成人的世间去了。我觉得你此行比出嫁更重大。古人送女儿出嫁诗云："幼为长所育，两别泣不休。对此结中肠，义往难复留。"你出黄金时代的"义往"，实比出嫁更"难复留"，我对此安得不"结中肠"？所以现在追述我的所感，写这篇文章来送你。你此后的去处，就是我这册画集里所描写的世间。我对于你此行很不放心，因为这好比把你从慈爱的父母身旁遣嫁到恶姑的家里去，正如前诗中说："自小闺内训，事姑贻我忧。"[①] 事姑取甚样的态度，我难于代你决定，但希望你努力自爱，勿贻我忧而已。

---

① 疑有误，原句应为"自小阙内训，事姑贻我忧"。出自唐代诗人韦应物《送杨氏女》。

约十年前，我曾作一册描写你们的黄金时代的画集（《子恺画集》）。其序文（《给我的孩子们》）中曾经有这样的话：“我的孩子们！我憧憬于你们的生活，每天不止一次！我想委曲地说出来，使你们自己晓得。可惜到你们懂得我的话的时候，你们将不复是可以使我憧憬的人了。这是何等可悲哀的事啊！”“但是你们的黄金时代有限，现实终于要暴露的。这是我经验过来的情形，也是大人们谁也经验过来的情形。我眼看见儿时伴侣中的英雄、好汉，一个个退缩、顺从、妥协、屈服起来，到像绵羊的地步。我自己也是如此。‘后之视今，亦犹今之视昔’，你们不久也要走这条路呢！”写这些话时的情景还历历在目，而现在你果然已经“懂得我的话”了！果然也要“走这条路”了！无常迅速，念此又安得不结中肠啊！

廿三年岁暮，选辑近作漫画，定名为《人间相》，付开明出版。远辑既竟，取十年前所刊《子恺画集》比较之，自觉画趣大异。读序文，不觉心情大异。遂写此篇，以为《人间相》辑后感。

给我的孩子们[●]

我的孩子们！我憧憬于你们的生活，每天不止一次！我想委曲地说出来，使你们自己晓得。可惜到你们懂得我的话的意思的时候，你们将不复是可以使我憧憬的人了。这是何等可悲哀的事啊！

瞻瞻！你尤其可佩服。你是身心全部公开的真人。你什么事体都像拼命地用全副精力去对付。小小的失意，像花生米翻落地了，自己嚼了舌头了，小猫不肯吃糕了，你都要哭得嘴唇翻白，昏去一两分钟。外婆去普陀烧香买回来给你的泥人，你何等鞠躬尽瘁地抱它，喂它；有一天你自己失

● 本篇曾载于1926年12月26日《文学周报》第4卷第6期。

手把它打破了，你的号哭的悲哀，比大人们的破产、失恋、broken heart（心碎）、丧考妣①、全军覆没的悲哀都要真切。两把芭蕉扇做的脚踏车，麻雀牌堆成的火车、汽车，你何等认真地看待，挺直了嗓子叫“汪——”“咕咕咕……”，来代替汽笛。宝姊姊讲故事给你听，说到“月亮姊姊挂下一只篮来，宝姊姊坐在篮里吊了上去，瞻瞻在下面看”的时候，你何等激昂地同她争，说：“瞻瞻要上去，宝姊姊在下面看！”甚至哭到漫姑②面前去求审判。我每次剃了头，你真心地疑我变了和尚，好几时不要我抱。最是今年夏天，你坐在我膝上发现了我腋下的长毛，当作黄鼠狼的时候，你何等伤心，你立刻从我身上爬下去，起初眼瞪瞪地对我端详，继而大失所望地号哭，看看，哭哭，如同对被判定了死罪的亲友一样。你要我抱你到车站里去，多多益善地要买香蕉，满满地擒了两手回来，回到门口时你已经熟睡在我的肩上，手里的香蕉不知落到哪里去了。这是何等可佩服的真率、自然与热情！大人间的所谓“沉默”“含蓄”“深刻”的美德，比起你来，全是不自然的、病的、伪的！

---

①“考妣（kǎobǐ）”，对父亲和母亲的尊称，特指已故的父亲和母亲。

②“漫姑”，指作者的三姐丰满。

你们每天做火车，做汽车，办酒，请菩萨，堆六面画，唱歌，全是自动的，创造创作的生活。大人们的呼号“归自然！”“生活的艺术化！”“劳动的艺术化！”在你们面前真是出丑得很了！依样画几笔画、写几篇文的人称为艺术家、创作家，对你们更要愧死！

你们的创作力，比大人真是强盛得多哩：瞻瞻！你的身体不及椅子的一半，却常常要搬动它，与它一同翻倒在地上；你又要把一杯茶横转来藏在抽斗里，要皮球停在壁上，要拉住火车的尾巴，要月亮出来，要天停止下雨。在这等小小的事件中，明明表示着你们的弱小的体力与智力不足以应付强盛的创作欲、表现欲的驱使，因而遭逢失败。然而你们是不受大自然的支配、不受人类社会的束缚的创造者，所以你的遭逢失败，例如火车尾巴拉不住、月亮呼不出来的时候，你们绝不承认是事实的不可能，总以为是爹爹妈妈不肯帮你们办到，同不许你们弄自鸣钟同例，所以愤愤地哭了，你们的世界何等广大！

你们一定想：终天无聊地伏在案上弄笔的爸爸，终天闷闷地坐在窗下弄引线的妈妈，是何等无气性的奇怪的动物！你们所视为奇怪动物的我与你们的母亲，有时确实难为了你们，摧残了你们，回想起来，真是不安心得很！

阿宝！有一晚你拿软软的新鞋子和自己脚上脱下来的鞋子，给凳子的脚穿了，刬袜[①]立在地上，得意地叫“阿宝两只脚，凳子四只脚”的时候，你母亲喊着“龌龊了袜子！”，立刻擒你到藤榻上，动手毁坏你的创作。当你蹲在榻上注视你母亲动手毁坏的时候，你的小心里一定感到“母亲这种人，何等煞风景而野蛮”吧！

瞻瞻！有一天开明书店送了几册新出版的毛边的《音乐入门》来。我用小刀把书页一张一张地裁开来，你侧着头，站在桌边默默地看。后来我从学校回来，你已经在我的书架上拿了一本连史纸[②]印的中国装的《楚辞》，把它裁破了十几页，得意地对我说：“爸爸！瞻瞻也会裁了！”瞻瞻！这在你原是何等成功的欢喜，何等得意的作品！却被我一个惊骇的“哼！”字喊得你哭了。那时候你也一定抱怨“爸爸何等不明”吧！

软软！你常常要弄我的长锋羊毫，我看见了总是无情地夺脱你。现在你一定轻视我，想道：“你终于要我画你的画集

---

①“刬（chǎn）袜”，指不穿鞋，只穿袜子行走。
②“连史纸”，又叫“连四纸”，多用于书画和书籍的印刷。

的封面！”①

最不安心的，是有时我还要拉一个你们所最怕的陆露沙医生来，教他用他的大手来摸你们的肚子，甚至用刀来在你们臂上割几下，还要教妈妈和漫姑擒住了你们的手脚，捏住了你们的鼻子，把很苦的水灌到你们的嘴里去。这在你们一定认为是太无人道的野蛮举动吧！

孩子们！你们果真抱怨我，我倒欢喜；到你们的抱怨变为感谢的时候，我的悲哀来了！

我在世间，永没有逢到像你们这样出肺肝相示的人。世间的人群结合，永没有像你们这样的彻底的真实而纯洁。最是我到上海去干了无聊的所谓“事”回来，或者去同不相干的人们做了叫作“上课”的一种把戏回来，你们在门口或车站旁等我的时候，我心中何等惭愧又欢喜！惭愧我为什么去做这等无聊的事，欢喜我又得暂时放怀一切地加入你们的真生活的团体。

但是，你们的黄金时代有限，现实终于要暴露的。这是我经验过来的情形，也是大人们谁也经验过的情形。我眼看

①《给我的孩子们》一文原为《子恺画集》的代序。《子恺画集》的封面画是软软所作。

见儿时的伴侣中的英雄、好汉，一个个退缩、顺从、妥协、屈服起来，到像绵羊的地步。我自己也是如此。“后之视今，亦犹今之视昔”，你们不久也要走这条路呢！我的孩子们！憧憬于你们的生活的我，痴心要为你们永远挽留这黄金时代在这册子里。然这真不过像“蜘蛛网落花”[①]，略微保留一点春的痕迹而已。且到你们懂得我这片心情的时候，你们早已不是这样的人，我的画在世间已无可印证了！这是何等可悲哀的事啊！

▲《子恺画集》代序，一九二六年耶诞节作

① 疑有误，原句应出自宋代词人高观国《卜算子·泛西湖坐间寅斋同赋》：“檐外蛛丝网落花，也要留春住。”

送考[●]

今年的早秋，我不待手植的牵牛花开花，就舍弃了它们，送一群孩子到杭州来投考。

种牵牛花，扶助它们攀缘，看它们开花，结子，是我过去的秋日的乐事。今秋我虽然依旧手植它们，但对它们的感情不及以前好。因为我看出了它们一种弱点：一味想向上爬，盲目地好高。我在墙上加了一排竹钉，在竹钉上绊了一条绳，让它们爬。过了一二晚，它们早就爬出这排竹钉之上，须得再加竹钉了。后来我搬了梯子加竹钉，加到我离去它们的时候，墙上已有了七八排竹钉，牵牛花的卷蔓比芭蕉更高，与

● 本篇曾载于 1934 年 10 月 1 日《中学生》第 48 号。

柳梢相齐，离墙顶不过三四尺了。看它们的意思还想爬上去，好像要爬到青云之上方始满足似的。为此我讨嫌它们，不待它们开花结子就离弃它们，伴送一群小学毕业生到杭州来投考。

这一群小学毕业生中，有我的女儿和我的亲戚朋友家的女儿，送考的也还有好几个人，父母、亲戚或先生。我名为送考，其实没有重要责任，一切都有别人指挥。我是对家里的牵牛花失了欢，想换一个地方去度送这早秋，而以送考为名义的。因此我颇有闲心情，可以旁观他们的投考。

坐船出门的一天，乡间旱象已成。运河两岸，水车同体操队伍一般排列着，咿呀之声不绝于耳。村中农夫全体出席踏水，已种田而未全枯的当然要出席，已种田而已全枯的也要出席，根本没有种田的也要出席；有的车上，连老太婆、妇人和十二三岁的孩子也出席。这不是平常的灌溉，这是一种伟观，人与自然奋斗的伟观！我在船窗中听了这种声音，看了这般情景，不胜感动。但那班投考的孩子们对此如同不闻不见，只管埋头在《升学指导》《初中入学试题汇解》等书中。我喊他们：

“喂！抱佛脚没有用的！看这许多人工作！这是百年来未

曾见过的状态，大家看！”

但他们的眼向两岸看了一看就回到书上，依旧埋头在书中。后来却提出种种问题来考我：

“穿山甲欢喜吃什么东西？”

“耶稣诞生当中国什么朝代？”

“无烟火药是用什么东西制成的？”

“挪威的海岸线长多少哩？”

我全被他们难倒，一个问题都回答不出来。我装着长者的神气对他们说：“这种题目不会考的！”他们都笑起来，伸出一根手指点着我，说：“你考不出！你考不出！”我虽恼羞，并不成怒，管自笑着倚船窗上吸香烟。后来听见他们里面有人在教我：“穿山甲欢喜吃蚂蚁的！……”我管自看那踏水的，不去听他们的话；他们也管自埋头在书中，不来睬我，直到舍舟登陆。

乘进火车里，他们又拿出书来看；到了旅馆里，他们又拿出书来看；一直看到赴考的前晚。在旅馆里我们又遇到了几个朋友的儿女，他们也是来报考的，于是大家合作起来。赴考这一天，我五点钟就被他们噪醒，就起个早来送他们。许多童男童女，各人挟了文具，带了一肚皮“穿山甲欢喜吃蚂蚁”之类的知识，坐黄包车去赴考。有几个十二三岁的女孩愁容满面地上车，好像被押赴刑场似的，看了真有些可怜。

到了晚快[1]，许多孩子活泼泼地回来了。一进房间就凑作一堆讲话：哪个题目难，哪个题目易；你的答案不错，我的答案错。议论纷纷，沸反盈天。讲了半天，结果有的脸上表示满足，有的脸上表示失望。然而嘴上大家准备不取[2]。男的孩子高声地叫：“我横竖不取的！”女的孩子恨恨地说：“我取了要死！”

他们每人投考的不止一个学校，有的考二校，有的考三校。大概省立的学校是大家共通地投考的。其次，市立的、公立的、私立的、教会的，则各人所选择不同。但在大多数的投考者和送考者的观念中，似乎把杭州的学校这样地排列着高下等第。明知自己的知识不足，算术做不出，明知省立学校难考取，要十个人里头取一个，但宁愿多出一块钱的报名费和一张照片，去碰碰运气看。万一考得取，可以爬得高些。省立学校的“省”字仿佛对他们发散着无限的香气。大

---

①“晚快”，即太阳西沉，夜幕即将来临的这段时间，也就是傍晚时分。
②“取”，意即“被录取”。

家讲起了不胜欣羡。

从考毕到发表的几天之内，投考者之间的空气非常沉闷。有几个女生简直是寝食不安，茶饭无心。他们的胡思梦想在谈话之中反反复复地吐露出来：考得得意的人，有时好像很有把握，在那里探听省立学校的制服的形式了。但有时听见人说：“十个人里头取一个，成绩好的不一定统统取”，就忽然心灰意懒，去讨别个学校的招生简章了。考得不得意的人嘴上虽说“取了要死”，但从她们屈指计算发表日期的态度上，可以窥知她们并不绝望。世间不乏侥幸的例，万一取了，她们便是死而复生，其欢喜岂不更大吗？然而有时她们忽然觉得这太近于梦想，问过了“发表还有几天？”之后，立刻接上一句“不关我的事！”我除了早晚听他们纷纷议论之外，白天统在外面跑，或者访友，或者觅画。有一个学校录取案发表的一天，奇巧轮到我同去看榜。我觉得看榜这一刻工夫心绪太紧张了，不教他们亲自去看。同时我也不愿意代他们去看，便想出一个调剂紧张的方法来：我和一班学生坐在学校附近一所茶店里了，教他们的先生一个人去看，看了回到茶店里来报告他们。然而这方法缓和得有限。在先生去了约一刻钟之后，大家眼巴巴地望他回来。有的人伸长了脖子向他的去处张望，有的人跨出门槛去等他。等了好久，那去处就变成了十目所视的地方，凡有来人，必牵惹许多小眼睛的注意，其中穿夏布长衫的人，在他们尤加触目惊心，几乎可使他们立起身来。久待不来，那位先生竟无辜地成了他们的冤家对头。有的女学生背地里骂他“死掉了”，有的男学生料他被公共汽车碾死。但他到底没有死，终于拖了一件夏布长衫，从那去处慢慢地踱回来了。“回来了，回来了”，一声叫后，全体肃静，许多眼睛集中在他的嘴唇上，听候发落。这数秒间的空气的紧张，是我这支自来水笔所不能描写的啊！

谁取的，谁不取，一一从先生的嘴唇上判决下来。他的每一句话好像一个霹雳，我几乎想包耳朵。受到这霹雳的人有的脸孔惨白了，有的脸孔通红了，有的茫然若失了，有的手足无措了，有的哭了，但没有笑的人。结果是不取的一半，取的一半。我抽了一口大气，开始想法子来安慰哭的人。我胡乱造出些话来说那学校办得怎样不好，所以不取并不可惜。不期说过之后，哭的人果然笑了，而满足的人似乎有些怀疑了。我在心中暗笑，孩子们的心，原来是这么脆弱的啊！教他们吃这种霹雳，真是残酷！

以后各校录取案发表的时候，我有意回避，不愿再看那种紧张的滑稽剧。但听说后来的缓和得多，因为小胆儿吓过几回，有些麻木了的缘故。不久，所有的学生都捞得了一个学校。于是找保人，缴学费，忙了几天。这时候在旅馆听到谈话都是“我们的学校长，我们的学校短”一类的话了。但这些“我们”之中，其亲切的程度有差别。大概考取省立学校的人所说的“我们”是亲切的，而且带些骄傲的。考不取省立学校而只得进他们所谓不好的学校的人的“我们”，大概说得不大亲切些。他们预备下半年再去考省立学校，迟早定要爬高去。

旱灾比我们来时更进步了，归乡水路不通，下火车后，须得步行三十里。考取学校的人，都鼓着勇气，跑回家去取行李，雇人挑了，星夜启程跑到火车站，乘车来杭入学。考取省立学校的人尤加起劲，跑路不嫌辛苦，置备入学用品也不惜金钱。似乎能够考得进去，便有无穷的后望，可以一辈子荣华富贵，吃用不尽似的。

我吃不下[1]跑路，被旱灾阻留在杭了。我教我的儿女们也不须回家，托人带信去教家里人把行李送来。行李送来时，

---

①“吃不下”，意即“吃不消”。

带到了关于牵牛花的消息：据说我所手植的牵牛花到今尚未开花，因为天时奇旱的缘故。我姊给我的信上说："你去后我们又加了几排竹钉。现在爬是爬得很高，几乎爬上墙顶了。但是旱得厉害，枝叶都憔悴，爬得高也没有用，看来今年不会开花结子的。"

▲ 廿三年九月十日于西湖招贤寺

怀李叔同先生°

距今二十九年前，我十七岁的时候，最初在杭州的浙江省立第一师范学校里见到李叔同先生，即后来的弘一法师。那时我是预科生，他是我们的音乐教师。我们上他的音乐课时，有一种特殊的感觉：严肃。摇过预备铃，我们走向音乐教室，推进门去，先吃一惊：李先生早已端坐在讲台上。以为先生总要迟到而嘴里随便唱着、喊着，或笑着、骂着而推进门去的同学，吃惊更是不小。他们的唱声、喊声、笑声、骂声以门槛为界线而忽然消灭。接着是低着头，红着脸，去

° 本篇曾载于1943年5月《中学生》第63期，原名《为青年说弘一法师》，后收入人民文学出版社1957年11月初版《缘缘堂随笔》时，改名为《怀李叔同先生》，有较大删改。

端坐在自己的位子里。端坐在自己的位子里偷偷地仰起头来看看，看见李先生的高高的瘦削的上半身穿着整洁的黑布马褂，露出在讲桌上，宽广得可以走马的前额，细长的凤眼，隆正的鼻梁，形成威严的表情。扁平而阔的嘴唇两端常有深涡，显示和蔼的表情。这副相貌，用“温而厉”三个字来描写，大概差不多了。讲桌上放着点名簿、讲义，以及他的教课笔记簿、粉笔。钢琴衣解开着，琴盖开着，谱表摆着，琴头上又放着一只时表，闪闪的金光直射到我们的眼中。黑板（是上下两块可以推动的）上早已清楚地写好本课内所应写的东西（两块都写好，上块盖着下块，用下块时把上块推开）。在这样布置的讲台上，李先生端坐着。坐到上课铃响出（后来我们知道他这脾气，上音乐课必早到。故上课铃响时，同学早已到齐），他站起身来，深深地一鞠躬，课就开始了。这样地上课，空气严肃得很。

有一个人上音乐课时不唱歌而看别的书，有一个人上音乐时吐痰在地板上，以为李先生看不见的，其实他都知道。但他不立刻责备，等到下课后，他用很轻而严肃的声音郑重地说：“某某等一等出去。”于是这位某某同学只得站着。等到别的同学都出去了，他又用轻而严肃的声音向这某某同学和气地说："下次上课时不要看别的书。"或者："下次痰不要吐在地板上。"说过之后他微微一鞠躬，表示"你出去吧"。出去的人大都脸上发红。又有一次下音乐课，最后出去的人无心把门一拉，碰得太重，发出很大的声音。他走了数十步之后，李先生走出门来，满面和气地叫他转来。等他到了，李先生又叫他进教室来。进了教室，李先生用很轻而严肃的声音向他和气地说："下次走出教室，轻轻地关门。"就对他一鞠躬，送他出门，自己轻轻地把门关了。最不易忘却的，是有一次上弹琴课的时候。我们是师范生，每人都要学弹琴，全校有五六十架风琴及两架钢琴。风琴每室两架，给学生练习用；钢琴一架放在唱歌教室里，一架放在弹琴教室里。上弹琴课时，十数人为一组，环立在琴旁，看李先生范奏。有一次正在范奏的时候，有一个同学放一个屁，没有声音，却是很臭。钢琴及李先生、十数同学全部沉浸在亚莫尼亚气体[①]中。同学大都掩鼻或发出讨厌的声音。李先生眉头一皱，管自弹琴（我想他一定屏息着）。弹到后来，亚莫尼亚气散光了，他的眉头方才舒展。教完以后，下课铃响了。李先生

①"亚莫尼亚气体"，即氨气。"亚莫尼亚"是英文"ammonia"的音译。

立起来一鞠躬，表示散课。散课以后，同学还未出门，李先生又郑重地宣告："人家等一等去，还有一句话。"大家又肃立了。李先生又用很轻而严肃的声音和气地说："以后放屁，到门外去，不要放在室内。"接着又一鞠躬，表示叫我们出去。同学都忍着笑，一出门来，大家快跑，跑到远处去大笑一顿。

李先生用这样的态度来教我们音乐，因此我们上音乐课时，觉得比上其他一切课更严肃。同时对于音乐教师李叔同先生，比对其他教师更敬仰。那时的学校，首重的是所谓"英、国、算"，即英文、国文和算学。在别的学校里，这三门功课的教师最有权威；而在我们这师范学校里，音乐教师最有权威，因为他是李叔同先生的缘故。

李叔同先生为什么能有这种权威呢？不仅为了他学问好，不仅为了他音乐好，主要的还是为了他态度认真。李先生一生的最大特点是"认真"。他对于一件事，不做则已，要做就非做得彻底不可。

他出生于富裕之家，他的父亲是天津有名的银行家。他是第五位姨太太所生。他父亲生他时，年已七十二岁。他堕地后就遭父丧，又逢家庭之变，青年时就陪了他的生母南迁上海。在上海南洋公学读书奉母时，他是一个翩翩公子。当时上海文坛有著名的沪学会，李先生应沪学会征文，名字屡列第一。从此他就为沪上名人所器重，而交游日广，终以“才子”驰名于当时的上海。所以后来他母亲死了，他赴日本留学的时候，作一首《金缕曲》，词曰：“披发佯狂走。莽中原暮鸦啼彻，几株衰柳。破碎河山谁收拾，零落西风依旧。便惹得离人消瘦。行矣临流重太息，说相思刻骨双红豆。愁黯黯，浓于酒。漾情不断淞波溜。恨年年絮飘萍泊，遮难回首。二十文章惊海内，毕竟空谈何有！听匣底苍龙狂吼。长夜西风眠不得，度群生那惜心肝剖。是祖国，忍孤负？”读这首词，可想见他当时豪气满胸，爱国热情炽盛。他出家时把过去的照片统统送我，我曾在照片中看见过当时在上海的他：丝绒碗帽，正中缀一方白玉，曲襟背心，花缎袍子，后面挂着胖辫子，底下缎带扎脚管，双梁厚底鞋子，头抬得很高，英俊之气，流露于眉目间。真是当时上海一等的翩翩公子。这是最初表示他的特性：凡事认真。他立意要做翩翩公子，就彻底地做一个翩翩公子。

后来他到日本，看见明治维新的文化，就渴慕西洋文明。他立刻放弃了翩翩公子的态度，改做一个留学生。他入东京美术学校，同时又入音乐学校。这些学校都是模仿西洋的，所教的都是西洋画和西洋音乐。李先生在南洋公学时英文学得很好；到了日本，就买了许多西洋文学书。他出家时曾送我一部残缺的原本《莎士比亚全集》，他对我说："这书我从前细读过，有许多笔记在上面，虽然不全，也是纪念物。"由此可想见他在日本时，对于西洋艺术全面进攻。绘画、音乐、文学、戏剧都研究。后来他在日本创办春柳剧社，纠集留学同志，共演当时西洋著名的悲剧《茶花女》（小仲马著）。他自己把腰束小，扮作茶花女，粉墨登场。这照片，他出家时也送给我，一向归我保藏，直到抗战时为兵火所毁。现在我还记得这照片：鬈发，白的上衣，白的长裙拖着地面，腰身小到一把，两手举起托着后头，头向右歪侧，眉峰紧蹙，眼波斜睇，正是茶花女自伤命薄的神情。另外还有许多演剧的照片，不可胜记。这春柳剧社后来迁回中国，李先生就脱出，由另一班人去办，便是中国最初的"话剧"社。由此可以想见，李先生在日本时，是彻头彻尾的一个留学生。我见过他当时的照片：高帽子、硬领、硬袖、燕尾服、史的克、尖头皮鞋，加之长身、高鼻，没有脚的眼镜夹在鼻梁上，竟活像一个西洋人。这是第二次表示他的特性：凡事认真。学一样，像一样。要做留学生，就彻底地做一个留学生。

他回国后，在上海太平洋报社当编辑。不久，就被南京高等师范请去教图画、音乐。后来又应杭州师范之聘，同时兼任两个学校的课，每月中半个月住南京，半个月住杭州。两校都请助教，他不在时由助教代课。我就是杭州师范的学生。这时候，李先生已由留学生变为教师。这一变，变得真彻底：漂亮的洋装不穿了，却换上灰色粗布袍子、黑布马褂、布底鞋子。金丝边眼镜也换了黑的钢丝边眼镜。他是一个修养很深的美术家，所以对于仪表很讲究。虽然布衣，却很称身，常常整洁。他穿布衣，全无穷相，而另具一种朴素的美。你可想见，他是扮过茶花女的，身材生得非常窈窕。穿了布衣，仍是一个美男子。“淡妆浓抹总相宜”，这诗句原是描写西子的，但拿来形容我们的李先生的仪表，也很适用。今人侈谈“生活艺术化”，大都好奇立异，非艺术的。李先生的服装，才真可称为生活的艺术化。他一时代的服装，表出着一时代的思想与生活。各时代的思想与生活判然不同，各时代的服装也判然不同。布衣布鞋的李先生，与洋装时代的李先生、曲襟背心时代的李先生，判若三人。这是第三次表示他的特性：认真。

我二年级时，图画归李先生教。他教我们木炭石膏模型写生。同学一向描惯临画，起初无从着手。四十余人中，竟没有一个人描得像样的。后来他范画给我们看，画毕把范画揭在黑板上，同学们大都看着黑板临摹。只有我和少数同学，依他的方法从石膏模型写生。我对于写生，从这时候开始发生兴味。我到此时，恍然大悟：那些粉本原是别人看了实物而写生出来的。我们也应该直接从实物写生入手，何必临摹他人，依样画葫芦呢？于是我的画进步起来。此后李先生与我接近的机会更多。因为我常去请他教画，又教日本文，以后的李先生的生活，我所知道得较为详细。他本来常读性理的书，后来忽然信了道教，案头常常放着道藏。那时我还是一个毛头青年，谈不到宗教。李先生除绘事外，并不对我谈道。但我发现他的生活日渐收敛起来，仿佛一个人就要动身赴远方时的模样。他常把自己不用的东西送给我。他的朋友日本画家大野隆德、河合新藏、三宅克己等到西湖来写生时，他带了我去请他们吃一次饭，以后就把这些日本人交给我，叫我引导他们（我当时已能讲普通应酬的日本话）。他自己就关起房门来研究道学。有一天，他决定入大慈山去断食，我有课事，不能陪去，由校工闻玉陪去。数日之后，我去望他。见他躺在床上，面容消瘦，但精神很好，对我讲话，同平时差不多。他断食共十七日，由闻玉扶起来，摄一个影，影片上端由闻玉题字："李息翁[1]先生断食后之像，侍子闻玉题。"这照片后来制成明信片分送朋友。像的下面用铅字排印着："某年月日，入大慈山断食十七日，身心灵化，欢乐康强——欣欣道人记。"李先生这时候已由教师一变而为道人了。学道就断食十七日，也是他凡事认真的表示。

但他学道的时候很短。断食以后，不久他就学佛。他自己对我说，他的学佛是受马一浮先生指示的。出家前数日，他同我到西湖玉泉去看一位程中和先生。这程先生原来是当军人的，现在退伍，住在玉泉，正想出家为僧。李先生同他谈得很久。此后不久，我陪大野隆德到玉泉去投宿，看见一个和尚坐着，正是这位程先生。我想称他"程先生"，觉得不合。想称他法师，又不知道他的法名（后来知道是弘伞）。一时周章得很。我回去对李先生讲了，李先生告诉我，他不久也要出家为僧，就做弘伞的师弟。我愕然不知所对。过了几天，他果然辞职，要去出家。出家的前晚，他叫我和同学叶

①"李息翁"，李叔同的别名，后文中的"欣欣道人"则是李叔同的又一别名。

天瑞、李增庸三人到他的房间里，把房间里所有的东西送给我们三人。第二天，我们三人送他到虎跑。

我们回来分得了他的“遗产”，再去望他时，他已光着头皮，穿着僧衣，俨然一位清癯的法师了。我从此改口，称他为“法师”。法师的僧腊①二十四年。这二十四年中，我颠沛流离，他一贯到底，而且修行功夫愈进愈深。当初修净土宗，后来又修律宗。律宗是讲究戒律的，一举一动，都有规律，严肃认真之极。这是佛门中最难修的一宗。数百年来，传统断绝，直到弘一法师方才复兴，所以佛门中称他为“重兴南山律宗第十一代祖师”。他的生活非常认真。举一例说：有一次我寄一卷宣纸去，请弘一法师写佛号。宣纸多了些，他就来信问我，余多的宣纸如何处置？又有一次，我寄回件邮票去，多了几分。他把多的几分寄还我。以后我寄纸或邮票，就预先声明：余多的送与法师。有一次他到我家。我请他藤椅子里坐。他把藤椅子轻轻摇动，然后慢慢地坐下去。起先我不敢问，后来看他每次都如此，我就启问。法师回答我说：“这椅子里头，两根藤之间，也许有小虫伏着。突然坐下去，

---

①“僧腊”，也称“僧夏”，指和尚受戒后的年岁。李叔同于 1918 年出家，1942 年圆寂，僧腊二十四年。

要把它们压死，所以先摇动一下，慢慢地坐下去，好让它们走避。”读者听到这话，也许要笑。但这正是做人极度认真的表示。

如上所述，弘一法师由翩翩公子一变而为留学生，又变而为教师，三变而为道人，四变而为和尚。每做一种人，都做得十分像样。好比全能的优伶：起青衣像个青衣，起老生像个老生，起大面又像个大面……都是认真的缘故。

现在弘一法师在福建泉州圆寂了。噩耗传到贵州遵义的时候，我正在束装，将迁居重庆。我发愿到重庆后替法师画像一百帧，分送各地信善，刻石供养。现在画像已经如愿了。我和李先生在世间的师徒尘缘已经结束，然而他的遗训——认真——永远铭刻在我心头。

▲ 一九四三年四月，弘一法师圆寂后一百六十七日，

作于四川五通桥客寓

图书在版编目（CIP）数据

人生的滋味，我慢慢尝 / 丰子恺著. -- 长沙 : 湖南少年儿童出版社，2021.11

ISBN 978-7-5562-6174-1

Ⅰ. ①人… Ⅱ. ①丰… Ⅲ. ①散文集－中国－当代 Ⅳ. ① I267

中国版本图书馆 CIP 数据核字（2021）第 200729 号

RENSHENG DE ZIWEI，WO MANMAN CHANG

人生的滋味，我慢慢尝

丰子恺 著

责任编辑：张 新 李 炜
策划出品：小博集
策划编辑：蔡文婷
特约编辑：张丽霞
营销编辑：付 佳 付聪颖 周 然
版权支持：刘子一 辛 艳
封面设计：姜利锐
版式设计：霍雨佳
版式排版：百朗文化

出 版 人：刘星保
出　　版：湖南少年儿童出版社
地　　址：湖南省长沙市晚报大道 89 号
邮　　编：410016
电　　话：0731-82196340（销售部） 0731-82194891（总编室）
传　　真：0731-82199308（销售部） 0731-82196330（综合管理部）
常年法律顾问：湖南崇民律师事务所 柳成柱律师
经　　销：新华书店
印　　刷：北京中科印刷有限公司
开　　本：875 mm × 1270 mm 1/32
印　　张：6.75
版　　次：2021 年 11 月第 1 版
印　　次：2021 年 11 月第 1 次印刷
书　　号：ISBN 978-7-5562-6174-1
定　　价：35.00 元

若有质量问题，请致电质量监督电话：010-59096394
团购电话：010-59320018

◎ 儿童散学归来早　忙趁东风放纸鸢

◎ BROKEN HEART

◎ 吾徒胡为纵此乐　暴殄天物圣所哀

◎ 星期六之夜

◎ 欲上青天揽明月

◎“爸爸回来了”

◎ 种瓜得瓜

◎ 春日游　杏花吹满头